段譽的人生哲學

王學海◆著

武俠人生叢書序

全世界華人的共通語言——金庸武俠小說，世代不再只是文字想像，它早已幻爲千百個化身：漫畫、電玩、電視劇、電影、布袋戲……，不管是本尊抑或是分身，銷售率與收視率都相當可觀，儼然成爲一個新世紀的流行文化標記。

就出版的角度來看，從金庸武俠小說所延伸出來的各種議題，皆競相成爲出版的賣點，如金庸武俠小說世界中的愛情、武功、醫術、文化、藝術……等，都能受到讀者的歡迎，男女老少皆宜；當然，我們尚列了古龍、溫瑞安……等武林名家筆下的各知名小說人物供讀者玩賞、品味。

生智文化事業有限公司的相關企業「揚智文化事業股份有限公司」原有近三十本的「中國人生叢書」，擁有穩定的讀者群，在這樣的基礎上，生智文化特推出「武俠人生」系列叢書，爲求接續「中國人生叢書」的熱潮，一秉初衷，繼續爲讀者服務。

本系列叢書係以武俠小說主角人物為主，一人一書；為延續「中國人生叢書」的主題內容風格，「武俠人生」系列叢書乃以小說人物的「人生哲學」為主軸，期能提供讀者不同的切入點，品評小說人物的恩怨情仇，惟寫法類似一般著名人物的評傳。同樣的小說，不一樣的閱讀方式，帶來的絕對是另一種新的樂趣。生智文化事業希望您可以在「武俠人生」裡盡情涵泳，在武俠小說與人生哲學之間來去自如，逐步打通任督二脈，使您的功力大增，屆時您將可盡情享受不那麼一般的人生況味！

誠所謂「快意任平生」！本系列叢書深論武俠人物的愛恨情仇等「人生哲學」，作者筆下可謂是感性、理性兼具，在這新世紀的流行文化出版潮流裡，為男女老少消費群們，提供一個嚼之有味、回味再三的讀物。

生智編輯部　謹誌

自序

寫作的衝動使我步入了段譽生活的《天龍八部》世界，進入段譽內心情感的天海，又使我隱約可覺一種題外的思考，今讀金庸先生「一流大學必須有一流的人文學科」之最新發言，才使此許模糊的思考有了清晰的所指，提倡中國傳統的人文精神，弘揚優秀的民族文化，於評析金庸的新武俠小說是相通的。金庸先生擔任浙江大學人文學院首職，強調「對青少年進行中國傳統人文精神的教育，是要其薰染溫文敦厚、樂而不淫、哀而不傷的君子之風，最終達到『修身、齊家、治國』的方針」，不正是《天龍八部》以及其他十四部武俠小說中可找到藝術的參照嗎？而段譽作爲《天龍八部》裡面的一個重要人物，它的複雜性又恰恰與其他人物是不可類比的，爲此，對段譽的個案分析，應該是一項具有價值的研究工作了。

段譽是一個什麼樣的人物，這在《天龍八部》中透過栩栩如生的人物形象，你自可去辨認。但段譽作爲一個人物的定位，或者說該如何去評析這個人物，那就是本書的職責了。正若尼采所云，世界和人生只有被看成是一種審美現象時才顯得有意義，我們逐漸地進入段譽的個性世界，細心地梳理出他的行蹤、思想脈絡和人生情感，再予理性加感性的綜合考查，那麼，準確評說段譽的金鑰匙就會掌握在你的手中。

段譽有一言至爲驚人：「是否英雄好漢，豈在武功高下？武功縱然天下第一，倘若行事卑鄙齷齪，也就當不得『大丈夫』三字。」英雄好漢歷來爲國人心目崇拜之楷模，而大丈夫更是作爲國人爲人處事的一種氣概，然人生在世，說畢竟易，而做就難了。段譽他又做得如何呢？他距英雄好漢有多遠，他具備了大丈夫的氣概了嗎？這就得靠整體的把握，而整體把握的初始，就是謹密周到的分析，在分析中期望讀者靈識的共同參悟，以求能眞正明瞭段譽的風骨膽識。

人只是短暫地寄棲於這個恆久世界的一個生靈，正因短暫，所以時間給予他們演奏的生命之曲，便顯得那麼激越、那麼鏗鏘、那麼悲涼，同時也那麼地詭秘。於是，就產生了處世的積極、仁愛、追求和大度，當然也同時滋生了消極、醜惡、玩世和妒恨，這裡面有人的尊嚴、人的價值和為人的意義，也有人的殘忍、人的無能和為人的低俗。崇高的審美力量將驅使我們睜開慧眼，進一步認識這個世界和我們自己。《段譽的人生哲學》可望在這裡為你展示一幅縮影，可望在這裡為你指出人的獨立精神和跪著的奴性。在金庸先生的系列新武俠小說中，段譽應該是一個複雜的特殊人物，他有皇室血統，又有平民因子，他既知書達理，薰香佛學，又浪跡江湖，無有規束。也許，這些複雜的個性以及過多的生活波折與兇險，鑄造了這個人物富於探討的學問價值；也許，溫柔敦厚加仁愛癡傻，以及各類稀奇古怪人物的影響，注定了這個人物給予我們去認識的必要性和啓示性。而當我們把精神的壓抑、日常的苦悶、世事的煩惱、情感的孤獨和著段譽的生命進程同感共歎、同樂共悲時，再來冷靜地、客觀地看看這冊《段譽的人生哲學》，就會倏然發覺，你的思想你的靈魂，你的求索你的情感，將在深度和廣度上有一種新奇的展示和發現。

中國古代哲學曾有天地人「三氣」之說，如果說「天人合一」於今來詮釋是一種人文精神的話，那麼「人」中的主旨「為仁」，這裡面既有「己所不欲，勿施於人」、「先天下之憂而憂」，又有「天命之謂性，率性之謂道，修道之謂教」，更有「破我執」、「破法執」等等，這是天理與人欲抗爭融合的統一，所謂「人能弘道」，佛說「虛空」，其現實意義也只能皆在於此。段譽以此「氣」生神，以此「氣」行事，以此「氣」生輝，自產生了特殊人物的特殊力量。

我們也常常在這世界上尋找歡樂，追求幸福，傾其全身心的精力，歷盡艱辛滄桑，竭力去奮鬥去拚搏，然而，我們又會時常覺得遺憾、失望、沮喪和痛苦，是我們的認識有問題，還是我們的能力有限？是上蒼故意與我們為難，還是機遇與我們無緣？在這裡，也許你是只注重效果而忽略了實際生活的磨難帶給你的無形精神資產，你有沒有瞧見你的信心、你的能力、你的思維、你的智力，特別是你為人處世的實際才幹，正在暗中悄悄地升格。段譽起先的盲目闖蕩江湖，衝動尋找愛情，到後來主動為愛割愛，捨愛又得愛，有意地跑去邊疆救助喬峯，胸有成竹地平定圍剿天山靈鷲宮之亂，就是用他的無形資產在推動、激勵、充實和昇華他在尋找和追求的歡樂與幸福。段譽的光和熱，將同樣會讓我們感受到溫暖，段譽的智慧與才能，也必將會給我們一些生活的啓迪。

武功與段譽的關係是一種怪相，他不喜武功，厭惡用武功打人殺人，但現實生活又給他套上了緊箍咒，迫使他學習和運用武功。段譽的人生之命以良善仁愛爲主，但他被武功操縱，受王語嫣的指揮也殺了一些人。這「不喜」與「硬授」、「良善仁愛」與「錯殺生靈」，顯露了段譽的一顆靈魂正在現實的正義與邪惡、和平與殺戮之中掙扎，同時也說明了人類之善良人性，正在現實的世界中被侵蝕、被異化的一種可怕現狀。怪相同時又是寓言，它既是滑稽的（武功在段譽身上有時靈有時不靈），又是詩意的（護身助人）。在這怪相中，我們看到了靈魂的扭曲和世事的無奈，但透過這層薄翳，我們又可看到在段譽身上閃爍的，是一顆用武力永遠也征服不了的靈魂。支撐這顆倔強靈魂的，正是中華民族的優秀傳統文化：儒家的爲仁說與佛家的心靈說。

金庸先生曾就「作家爲什麼寫作」一問答池田大作說：「我以小說作爲賺錢與謀生的工具，談不上有什麼崇高的社會目標，既未想到要教育青年，也沒有懷抱興邦報國之志。」看段譽也如此，要是有讀者以爲看了《天龍八部》或者再看《段譽的人生哲學》，就會學到天大的本領或培養遠大的志向，那是期望太高了。

看《天龍八部》無非是消遣，對《段譽的人生哲學》有興趣，也無非是想再看看別人是怎樣評說段譽的，或者說是在自己感悟的基礎上，再在理性的層面上了解一下段譽而已。不過，金庸先生又說：「武俠小說一定講正義、公正，一定要是非分明，要好人經常擊敗壞人；書中的正面人物一定不可以說謊，不可以忘恩負義，不可對不起朋友，必定要有情有義，不可以兇暴殘酷，奸詐毒辣，故事在不知不覺中極強烈的肯定了中國人的傳統美德。」閱讀段譽，正可從他身上讓我們感到正義與公正的力量，讓我們惦量朋友與情義的分量，也讓我們進一步明瞭是非立場的重要。故就這方面論，《天龍八部》又是一部寓美德於形象的藝術品，而《段譽的人生哲學》如不失敗的話，那就是對它這種藝術鑲嵌之中的美德，予以層層剝筍式的詮說和寓以當代性的一種思考吧。

如今，金庸先生的系列武俠小說的社會影響，已遠遠超過了它的文學價值，這固然有其社會因素，是否也可以考慮作者藝術想像的自由度與讀者閱讀興趣的自由度，正巧在某一個關節點相碰而又自然地吻合了呢？正如法蘭西斯•培根所言：「德性在昌盛的時代，藝術是自由的。」否則，爲什麼社會各階層、學歷大相逕庭的人都會喜愛閱讀呢？就此意義來說，具體到對一個段譽的了解再了解，熟讀再熟讀，想是十分必要的，因爲只有在感性的閱讀快感中，再以理性的深層閱讀，你的審美才會更覺醇醪可醉。

歷史學家湯恩比（Arnold J. Toynbee）曾在他的《歷史研究》中說過「優秀需要苦難」（美是艱難的），若以此爲大前提來看段譽，就可以從理性的角度去理解段譽的風雨歷程，諸如無量山挨打、天龍寺被擒、曼陀山莊受辱、萬劫谷石屋被禁，以及由此而生的癡傻等等，爲了生存與信仰，身爲王子的段譽，在他所轄權的範圍內，有時也會被逼至牆角而無法迴旋，致使只能承受來自六方（東南西北加上下）的鞭笞和暗襲，他們會用盡江湖上的種種毒謀，把他層層捆綁起來，解除他的武裝，甚至於身上的一切，將他壓抑、蹂躪、摧殘、折磨，讓他的心靈在人間地獄的油鍋與刀山上倍受煎熬，但透過這些妖法魔技，我們依然可以欣慰地看到，段譽的靈魂卻還是屬於自己的！

湯恩比也曾就西方的歷史與希臘的歷史（當代與古代）做過二重性的歷史觀比較研究，並認爲「這二重性的歷史觀，可能爲遠東同時代人所體會和讚賞，因爲在他們當時所受的傳統教育中，一種先前文明的經典語言和文學居於同樣重要的地位。……這位清朝末年的中國孔門儒者和他同時代的維多利亞晚期的英國希臘學者之間，在觀念上的主要區別也許是：前者可能仍只滿足於二重性的歷史比較觀，而後者當他一開始獲得二重性的歷史觀時，就不能自己，並把他的學術眼光擴展到更大的範圍不止」。此觀點本身沒錯，但另一個尖銳的事實是：歷史是輪迴的！當代的中國人，包括海外華裔，他們爾今接受的教育，已是和西方文明完全接軌的現代化教育，卻何以會在「高科技」、「全球化」的社會裡，重新去對傳統的武俠，當然主要是對金庸先生的新武俠小說備感熱情而又欲罷不能。可見，這絕不是一個「學術眼光擴展」的問題了，當然更非「閉塞的看法」（湯恩比），而是當代古代文明消逝，現代文明又把人們帶到死亡之門前（競爭的極端自私、發展的極端唯錢爲上、高科技引發的污染以及人類家園的日益被毀，核、細菌及癌症、愛滋病帶來的威脅等等）時，一種尋舊的歷史情懷正在鍛冶著一把新的鑰匙。如果說，「希臘文明的能力是屬於美學的；古代和現代印度文明的能力是屬於宗教的；西方文明的能力是屬於機械科學的」（索羅金）；那麼，走向新世紀的當代全球文明的能力，應該屬於人性的！我們不渴求新的奇蹟出現，也不必祈求上蒼以虔誠的生命態度，我們只注重於作爲構成這個世界的基礎物——人，希冀於人的本性擺脫數千年歷史塵埃與歷史異化物後的復活，因爲文明的核心存在於人的心中。

美學是一種說法，否則自鮑姆嘉通到如今過了二百多年，仍然連「美是什麼」、「美的本質是什麼」也搞不清楚，無法統一。後現代是極端反傳統的，但此類「先進的引導」，又會把人帶向瞬間的娛樂而又導致眞實的虛無，那種「生存遊戲的水圈」儘管靡麗，但遊戲者的靈魂卻是一片蒼白。「歷史的主體」與「利私的主體」在當代社會同時出現，唯我的歷史與傷痕累累的世界又成正比，請問，「狂歡節」之夜過後，翌日清晨的黎明又會是怎樣一副情景？如果是詩性的悲劇那倒也罷了，因爲悲劇畢竟帶有詩意，但假若是惡劇甚或醜劇呢？我想連美學的說法也很難插足吧！所以，當代都市在無根飄逝的時空中尋覓情感，交換夢想，正說明了權、錢以及現代化的種種，已像抽水機正把人的情感吸乾而變枯竭，而情感匱乏的背後，又必然會導致道德的墮落以及人性的失落，當我們猛然感覺，我們生活在一個物質情緒化的社會中，生活在一個精神奴役化的世界裡，以暴力、色情、兇殘、貪婪、冷酷擁抱著我們入睡，難道我們還會對段譽和他的人生哲學冷漠嗎？義氣、骨氣、人格、品性、歷史的沉澱注定是要泛起的，因爲這也正是歷史的需要。

段譽是不眞實的，因爲他只是一個藝術的幻象；但段譽又是眞實的，因爲他的信仰和言行，是中國眞正傳統優秀文化的結晶。在當代，這個信仰普遍喪失（尼采喊「上帝死了」之後，中國喊「打倒孔家店」之後），懷疑又在無所適從中叢生，哲學和宗教呈顯微弱之時，段譽重新在人們心目中的出現，正是審美與生存的一種新的生活支撐。它把當代人與歷史的隔斷又重新聯繫了起來，它把當代人的創造心理與優秀的文化傳統巧妙地包容在一起，所以，閱讀段譽也不單是一種文化娛樂，它還蘊含著一種歷史的關聯，一種當代審美文化的自律追求。陸鍵東先生在他的《陳寅恪的最後二十年》中說：「陳寅恪撰寫《論再生緣》的過程，同樣也是陳寅恪對人生與歷史不斷加深體味、不斷觸發『寄幽思』的過程。」自然這是一個大家的生命體驗，但這也恰與我們今天小老百姓閱讀金庸先生的新武俠系列小說相吻合，因爲歷史的鏈條不容斷裂，文化的傳承不能割裂，所以對段譽的閱讀，也是一個人生與歷史不斷加深體味的過程，因爲歷史的價值是不會讓現實的風吹日曬把它風乾的。當年曾震撼廣東學術界的董每戡先生的一首詩，頗能爲段譽的言行找到一個歷史的連結點：

書生都有嶙峋骨，最重交情最厭官。
倘若推誠真信賴，自能瀝膽與披肝。

自然段譽的血脈是皇統，到最後也做了皇帝，但他的本質卻是書生的，他的逃亡生涯與對保定帝的坦誠告知（自己是段延慶所生）和繼位之推辭，以及在枯井之中重情不重官、重人不重財的一番肺腑之言，是最好的佐證。

在「金庸熱」席捲全球，「金學」之說與研究金庸之書層出不窮之際，要寫出一本與眾不同、令讀者喜愛的書確非易事，這也是我接到本書寫作任務首感的一種心理負擔。但好在鄙人的性格總喜歡與眾不同，所以我的創作，始終是在

「必須用自己的思想寫自己的東西，跟著別人的論點走，味同嚼渣——沒味」這樣的指導思想與自我警戒中進行的。爲此，對段譽的探討，我也是深入到他的各個方面去摘取標本，然後才求得一個統一之認識。作爲個案研究，我於《天龍八部》的整整七遍之閱讀、考查與分析，並試圖盡量引用恰當完整的原文，於拙著有個清楚的圖索，於讀者有個考核的參照。同時，讀者諸君也一定會在閱讀中發現，《天龍八部》中的一個情節，往往會被拙著多次地引用，但這多次的引用卻又非簡單地重複或堆砌，而且每一次均有它個別的用意，如社會的、哲學的、美學的，闡釋的層面也是多元化的。在語言的運用上，我亦遵循了編輯的意圖，力忌八股。在理性與感性有機融合之中，力求深入淺出，使讀者具有濃郁閱讀興趣的同時，能感知一些新的啓迪。在增濃文學意味、加強學術深度中，追求本書的價値與大眾閱讀的接受面。但究竟成功與否，還有待社會的核對和讀者的評說。

應該說，我本不喜武俠小說的，雖然少年時代曾讀過舊武俠小說，也曾創作過幾頁武俠小說，但自萌知之時起，對此類小說一向是視之爲下里巴人的。是家鄉海寧市金庸學術研究會的成立才使我涉足其裡，又因該組織內部人事的變化和出版《金庸研究》，才又使我有意花功夫去啃讀金庸先生的新武俠系列。事情的發展當然是讀者諸君能夠預測的，我服膺於「金大俠」的藝術魅力，成了一名金庸小說熱心的讀者和業餘研究者，也緣此，〈金庸新武俠小說行演的價值與意義〉、〈笑傲江湖中的中華哲理〉等論文也開始在全國報刊刊發。承蒙李宗爲先生、周錫山先生的厚愛，力薦我出任本書的寫作，更感謝張志國先生對我的信任和給予我這麼一個自我學習與自我鍛鍊的機會，讓我又一次在《天龍八部》中能與非人之人一起，在他們的魔化下，尋找天的福祉與龍的神韻。不過看來「夜叉八大將」的能力或者說他們的任務還是完成得不佳的，否則何以至今還有許多如人的鬼在世上作祟呢？倒是我對「阿修羅」特別感興趣，這首先不是因男極醜女極美而生發的性變態，而是理喻到權錢的極醜與人性的極美延續至今的許多「文明化」的戰爭。自然，諸神怪的神通僅是茶餘飯後之妄談，而那些奇特的個性，倒大有美學的價值，此化生爲段譽類，便具了現實性。塵世的歡喜與悲苦是每個人都會嚐到的，但嚐到之人又未必人人都會因樂思源或痛溯其因，金庸先生的新武俠系列，雖是商業操作之物，也是成年人童話，但其歷史的涵義和深廣的中華傳統文化精神的凝煉，又使得它奇蹟般地在世紀之交時火紅起來，熱鬧了尋常百姓家。並亦使得文化界、學術界、新聞界也爲之春心芳動，情箋綿綿。

閱讀段譽，了解段譽，是因爲我們相信正義一定能夠戰勝邪惡，人性美與人情美一定會在二十一世紀重新釋放出它的光華與麗彩來。

王學海

目錄

段譽的人生哲學

緒論

世紀之交、風起雲湧的資訊時代，把中國人的眼光帶入了更加關注自己身處的高科技生活及其引出的形形色色。他們比以往任何時候都更加關心國家的綜合實力和經濟狀況，也比以往任何時候都更注重自身和家庭的經濟建設。股市的萬頭攢晃與萬聲讀數——其實是萬心讀錢，大街小巷花樣百出的商店攤位如蟻隊競出，已鮮明的形象證明了「全球化」，率先以它的經濟態勢滲入並捲起中國的經濟商潮。

然又如酷暑中吹來一絲涼爽的風一般，在經濟大潮以虎嘯長天變驚雷之勢騷動中國大地時，一場「靜悄悄的文學革命」（嚴家炎）亦同時在這片黃土地上誕生了，那就是人們對金庸武俠小說的熱情閱讀和癡情偏愛，它宛如虎嘯驚雷後出現的一片恬靜綠色新草地，那書中人物爲我們營壘起一塊塊青山綠水，一陣陣情感風雲，是相對經濟浪潮的一種奇特，一份意外。「全球化」將使中國迅速成爲世界「地球村」的一隅，但二十一世紀的高科技又同時帶入了源遠流長、博大精深的中國傳統文化，且在現代人的閱讀中予以發揚光大，讓嚴酷的現實與奇幻的新武俠一起飛翔，這到底是奇蹟還是夢想？……也許問題的提出又將重回到一個古老的哲學問題上：人在幹什麼？我想把「幹什麼」當作一個過程就可能會比較容易回答，因爲它正在其中凸顯著這樣一個事實：在西方話語打自「五四」輸入中國並已被國人運用滲透進入日常生活，它其實已經成爲一種針對中國二千年封建遺毒所主動吸納西方精華、唾棄傳統糟粕的一個革新和重新建構的過程。而當今日中國以它的高科技與改革開放之態走向世界時，又令人意外地攜起它的傳統文化中的精華部分去與世界文化融合，其實質是以中國特色之一與世界共同建構新世紀的文化的一個新的增長點。

邁向二十一世紀，人類將會走多遠，這當然是一個未知數。然而我們可以肯定，不管是明天還是未來，不論你身居斗室還是遠走極地高山，跨越冰雪平原，中國的武俠文化、特別是金庸的新武俠小說，都會像礦泉水、「大哥大」一般伴隨著你。它會讓你在風浪中仗義執信，也會讓你在長途跋涉中佐味人生。

峽高萬丈洞幽深，欲識桃源此處眞。面對文化，《天龍八部》是一朵絢麗多彩的奇葩；面對生活，《天龍八部》是一曲多音多調的抒情曲。而段譽，就是其中似奇非奇的一朵花，一聲柔婉壯觀多音揉雜的複調。

那麼，在當代的文化背景當中，如何把段譽這個人物寫出來，讓他既符合歷史，又能引起「後哲學文化」（culture of postphilosophy）的影響與效應，即我們如何以非刻板的人物評傳方式去寫人物，若試以圍繞人物的諸多文化方面的因素去達臻人物內心世界，並引出他的靈魂肖像來，也就得從綜合性的、不存在先導或主題性的一種思想框架前提去面對這個人物。

首先，我們得把人物放在他所處的歷史背景之中，在大漢族主義盛行的宋朝，我國邊緣地區的歷史人物，他們是如何在這民族矛盾中安邦定國、智求生存的。在范文瀾先生的《中國通史簡編》中，有關大理國的歷史是這麼記載的：「大理國，九三七至一二五三年，段思平是白蠻貴族，南詔德化碑上列名首位的大臣段忠國（原名儉魏），就是段思平的六世祖。段氏自稱先世是武威郡（涼州）人，段氏很可能是蠻化的漢人。楊幹貞要殺害段思平，段思平得舅父爨判和友人高方素（趙善政舊臣）的保護，並向東方黑爨、松爨三十七部借兵，在石城（曲靖縣）會師，以董迦羅爲軍師，攻入太和城，建立大理國。三十七部多數是烏蠻，也有幾部是瑤人。楊幹貞滅鄭氏，段思平滅楊氏，都依靠三十七部的助力。

段思平得國，首先免除三十七部的傜役，立盟誓互保和好。三十七部居地在滇池東、北、南三方，大理國疆域與南詔略同，實際勢力卻局限在以洱海爲中心的雲南西部，不再像南詔那樣敢於向外攻掠了。大理國王位傳至段連毅時，臣楊義貞廢段氏，自立爲廣安皇帝。四年後，段氏臣高智昇遣子高昇泰起東方兵（當即三十七部兵）滅楊氏，擁立段壽輝。一〇九九年（宋哲宗元符二年）段壽輝讓位給高昇泰。高昇泰改國號爲大中國。高昇泰死，子高泰明又讓位給段正淳，改國號爲後理國。其時東方三十七部已獨立，屢與後理國作戰。高氏專權，國人稱爲高國主，波斯、崑崙等國商人來通商，都得先見國主。高氏退還王位，名義上不敢廢段氏，大概與東方三十七部的反對高氏有關。一一一六年（宋徽宗政和三年），後理國王段和譽遣使來朝貢，宋徽宗封段和譽爲大理國王。」可見在段譽這段曲折坎坷的人生經歷時，其所處應是「後理國」時期。

著名史學家翦伯讚先生也在他的《中國史綱要》中寫道：「北宋政權建立後，宋太祖鑑於唐之禍基於南詔，乃棄越巂諸郡，以大渡河爲界，使大理國既不能藉臣屬的名義隨時對宋朝有所要求，也不能對宋氏西南邊境隨時進行侵擾。但到太宗即位初年，其首領白萬請求內附，宋廷冊爲雲南八國都王。然此後仍不通朝貢。到一〇七六年（宋神宗熙寧九年）大理曾派遣使臣向宋廷獻方物。一一一六年（宋徽宗政和六年）又曾派人向宋廷貢馬及麝香等。直到宋朝南渡之後，雙方統治者之間仍然只是偶爾地發生類似這樣的一些關係。」根據史載，段譽所在的後理國與宋朝（也即與漢朝）的關係，只是一種表面維持和平的冷漠關係。在宋朝一方，因對南詔（大理）心有餘悸，所以是敬而遠之，又恐他們率兵來犯，便以大渡河天險爲屏障防線，「友好」地阻隔了雙方的政治、經濟與文化交流。在後理國一方，爲維護其在周圍八國之中的威望，增強自己的後援力量，便想積極與宋朝修好，以撐起支柱，所以要求宋朝把他們立爲雲南八國都王也好，向宋朝貢獻後理國名貴的馬匹、麝香也好，都是在尋求一種戰略保護以圖固國擴境之需。「宋冷理熱」這一冷一熱，冷非惡意而是戒心，熱非眞誠而爲國計，段譽及其父王就是處於這樣的一種關係之中生存與謀權的。

段譽不像蕭峯，後者英氣勃勃，似是天降大任於斯人的人物，橫跨於兩個民族矛盾的風口浪尖上，又出任威聲赫赫的丐幫幫主，肩負著一幫弟兄打天下的歷史重任，其後因風雲變色，特別是其身世的眞相漸爲世人所識，他於磨難中又受恩於遼國皇帝耶律洪基，並讓他成爲契丹民族——在他自己血液中流淌的民族，伐宋平天下再充當重任大臣。於是，這位武功蓋世、忠膽義肝的大俠，就在養育與生育他的兩個民族之間，做著十分艱難然而又確是英勇壯烈的大事。段譽與「兩道冷電似的目光……身材甚是魁偉，三十來歲年紀……濃眉大眼，高鼻闊口，一張四方的國字臉，頗有風霜之色，顧盼之際，極有威勢」的蕭峯相比，他只是令武林好漢們感到似女的秀媚而輕視，或讓人錯覺是女扮男裝的假公子而心生嫌厭的小白臉兒。也就是說，初看段譽，他是那種外貌絕無陽剛之氣的男子漢。更令人感到不可思量的是，他放著家中令江湖人聽而生畏的一陽神指功於不顧，偏喜愛四書五經、詩詞歌賦，還唸了佛經。正因如此，他才會「受無量劍和神農幫的欺凌，爲南海鱷神所逼迫，被延慶太子囚禁，給鳩摩智俘虜，在曼陀山莊當花匠種花」。然而在這種種苦楚折辱之中，他依然我行我素，堅持的是他信奉的儒家仁義道德之說，奉行的是正義光明加眞誠癡情的言行，即令是墜入空谷，意外瞧見無量山山洞中的玉像，後受「神仙姊姊」的啓示，學了「北冥神功」

和「凌波微步」這一舉世絕招，還是以誠爲本、以救人助人爲德，絕不殺生，以致幾次爲小人慕容復等所戲弄而遭殺身之禍。

然段譽果眞是如此一個柔弱不成器的角色，在英雄好漢面前會陡然遜色的人嗎？否也！始得眞玉，須千鑿萬錘於深山，欲窺段譽之全貌，必須掌握他一生的行徑，看其來龍去脈，義感風性，方可見出個眞僞來。爲避免以偏概全，特將段譽一生重大舉措羅列如下：

大義凜然，與鍾靈姑娘去神農幫險地宣讀「和平宣言」；

不顧安危，爲救鍾姑娘隻身獨闖「萬劫谷」；

一心救人，爲報伏訊遣返「黑玫瑰」自投羅網；

面對兇惡，拒作徒弟反將南海鱷神收作徒；

身陷囹圄，在無量劍囚室中坦然學好「北冥神功」，練就「凌波微步」；

石室之內，面對裸女拚命走步熬對春藥；

命懸之徒，卻是悠然聽棋點清板；

猛鑽地道，一心只爲救鍾靈；

天龍寺內，安然心學「六脈神劍」再增威；
不畏強凶，鳩摩智手中救出保定帝；
蘇州莊園，智識阿朱，巧挫王夫人；
松鶴樓上，與大俠蕭峯豪飲四十大碗又義結金蘭；
眼見危勢，捨命爲風波惡吸出手上毒；
仗義助弱，爲救丐幫弟子，假扮慕容復，天寧寺內迎戰西夏大將赫連鐵樹；
松風林濤，棋盤邊六脈神劍劃破幻境救了慕容復；
勇無畏色，救語嫣胸擋卓不凡「一字慧劍門」；
純眞癡情，與虛竹在醉誇情人的氛圍中結爲兄弟；
少室山上，數千英雄圍殺蕭峯，竟在同仇敵愾之中引薦虛竹與蕭峯義結兄弟；
爲友捨生，寧冒肝腦塗地之險，糾纏慕容復把劍引向自身；
少林寺中，尋找蕭峯又遭鳩摩智暗算；
假以招親，爲會王姑娘不計前嫌去西夏；

西夏路上，懸崖之旁絕無二心救語嫣；
月下池邊，大樹底下癡情割愛，玉成姑娘夙願；
主重情感，爲勸慕容復，反被小人騙壓在枯井中；
不計前嫌，毅然去西夏爲慕容復攔阻假段譽；
奮力救父，蜀北木屋慘遭毒蜂咬螫；
木屋地上，生父險將鋼杖戮其命；
斗室兇殺，放棄殺戮認生父；
大理皇宮，坐上皇位治國安邦；
塞外蒼茫，拋脫皇袍趕赴疆場救蕭峯；
萬人軍中，與虛竹徒手生擒遼帝退敵步。

論人必然論世，在那個唯以武力爲雄的封建時代，尤其是邊疆民族矛盾不斷激化而屢屢引發戰爭，大理、吐蕃、西夏等國又互以武力爭疆擴域之時，在絕大部分身懷絕技的武士欲以武霸天下的氛圍中，段譽卻如孔老夫子所云：君子和而不同，其秉性實乃難能可貴，因爲他本身已是個王子，皇位權貴思想原應是他的本分，然段譽卻在濁中揚清，暗中生輝。上述三十一項大事構成段譽人生的重要環節，也證明了段譽是一個與時代抗爭的時代之子，在他以眞誠、良善和美德向時代的虛假、邪惡、卑鄙和貪婪的抗爭中，在他多次背馱王姑娘於刀光劍影和蛇蟲毒氣暗箭中脫險時，那個柔弱斯文和有點書呆氣的段譽已不復存在，取而代之的是勇敢、守信、無畏又頗具陽剛之氣的秀美男子漢英雄形象，這是俠士形象的現實變異，若我們追溯它的本質，那便是武德無疑了。

在秀美之人身上盛輝武德，這既是對武俠寫作的黑色幽默，也是對傳統觀念的一種深層的批判與意識更替。以武爲形，以德爲心，以武會友，以德立武，心善行正才能眞正耀武揚威，這在段譽身上已充分地體現出來。「六脈神劍」就是最好的證明，鳩摩智學了它，以武壓人最終失敗而頓悟，恭恭敬敬地向段譽遞上了《易筋經》說：「這一本經書，公子他日有便，費神代老衲還給少林寺。」野心家小人慕容復學了它，最終非但沒有以它來做大事打天下，反倒自己成了瘋子。而只有段譽，從不把所學武功用在人先，只是當他看到別人受到危害或有殺身之禍時，抑或一腔正義的怒火在胸中燃燒時，那激情才會驅動血脈，化成絕世武功去克邪制醜。可見，不管你是什麼天下第一武功，融在段譽身上，應該說依託於中華良善、有識、正義之士身上，它僅僅是一種「英雄巾」、「壯士帽」，是爲英雄之本色、壯士之義舉服務的。而非如慕容復類，廣學天下武功「以彼之道，還施彼身」，目的在於爭一個皇位的野心之中。也非鳩摩智學得武功，欲剿滅它國以圖雄霸天下。更非如「四大惡人」，學得武功後專以謀攫私利而任意殺戮……

所以，武功在這裡其實是一種美醜比較；

在慕容復身上，它是一種野心的張力；

在天山童姥身上，它是一種變態的殘害；

在李秋水身上，它是一種蓄積已久的復仇；

在虛竹身上，它是一種磨難的修鍊；

在蕭峯身上，它是化解民族矛盾、追求和平的武器；

在游坦之身上，它是一種盲目的幫兇工具；

在段正淳身上，它既是威嚴的保國，又是輕浮的拈花惹草；

在阿紫身上，它是不負責任的隨心所欲。

而只有在段譽身上，它才眞正顯出與眾不同——武功在它處，是生命在良善與正義、癡情與助人之間的一種延續出現，是一種極不重要的重要，被輕視的重視，它不是生活的唯一，而只是生活中需要時的一種出現，是良智下的奴僕。

上述部分，乃是剖析段譽這個人物的內核，而段譽與鍾靈、木婉清、王語嫣三個姑娘的感情糾葛，以及由此引起的一連串曲折驚險的生命風波，便是組合成這個人物的血肉部分。把眞朋友視爲身家性命，寧要個朋友加情義二字，而情願爲此捨棄性命者，是段譽、蕭峯與虛竹也。從豪飲四十大碗酒到醉談情人事，最後都莫不以義結金蘭而圓滿。而這圓滿，也僅僅是朋友/兄弟們共同生活的開端，彼此間的情同手足，彼此間的捨身相救，彼此間的不計權貴，彼此間的互相信賴，就似沙漠中的駱駝，互連著共同跋涉著乾涸、飢餓、炎熱和狼襲。又似天空中群飛的大雁，遠涉重洋，南來北往，以生命的翅膀走人生兇險之路。這也是段譽這個人物的「眼」，他一生都行走在情與義的坎坷波濤之中。

陳墨先生早已注意到的一點，是他在《金庸小說與中國文化》中提到的段譽與虛竹的出場。二人不約而同地都乘佛經之語讓自己走向讀者。段譽說的是佛經「四無量」：一慈、二悲、三喜、四捨。虛竹說的是飲水咒：唵縛悉波羅摩尼莎訶。兩者雖都是佛經，看起來也似無聯繫。其實，段譽以無量壽佛阿彌陀佛斥無量劍派的濫殺無辜，正是「不食眾生肉」的最好注解。陳兵在《東方文明與佛教禪學》中分析釋迦牟尼的「四聖諦」說：第一「苦」諦，是對人生痛苦問題的揭露及對人生價值之判斷；第二「集」諦，是分析造成生老病死等苦果的原因；第三「滅」諦，是名涅槃；第四「道」諦，是依法修道。這苦、集、滅、道，正形象地體現在段譽和虛竹這兩個生命體上。而由「苦」至「集」更是段譽人生第一階段的鮮明印證。滅諦即涅槃，當是段譽在闖蕩江湖中武功、情愛、交友及諸多人間恩恩怨怨情事的一個信仰與現實之衝突、情慾與良善之衝突、正義與邪惡之衝突、個性與武功之衝突的一種眞正生命體驗。它在段譽身上，是一種無形之「法」，即化成思想之「法」，並在現實中以它昇華或重鑄著段譽的人格，趨向「無上菩提」的心靈歸宿。當然作爲一個現實的人，特別是一個出身望門貴族又年輕好奇的人，他不可能如眞正出家的佛家弟子那樣去修持，去約束自己的身心，以達臻無憎無嗔的實極安樂境地。我們在書中可以見出，段譽是一個時時刻刻都是在煩惱和是非之中生活的人，並且在他的情感脈絡上，又時時刻刻都在流淌著那種情愛相思之慾。所以在段譽身上體現出來的佛性，是一種特殊的佛性。這可以從他與精通武功理論的王語嫣姑娘的相處中得到佐證。

段譽相遇王語嫣是一見鍾情，「便在此時，只聽得一個女子的聲音輕輕一聲嘆息。霎時之間，段譽不由得全身一震，一顆心怦怦跳動，心想：『這一聲嘆息如此好聽，世上怎能有這樣的聲音？』」而當他見到王姑娘的背影時，是「只覺得這女郎身旁似有煙霞輕籠，當眞非塵世中人」。可當段譽自作多情竄出樹叢去拜見王姑娘時，她只是「那女子左足往下一頓，嗔道：『阿朱、阿碧，都是你們鬧的，我不見外間不相干的男人。』說著便向前行，幾個轉折，身形便在山茶花叢中冉冉隱沒」。一個是聽見聲音就打心靈發情，瞧見背影更把她擬成人間全無、天上獨有的仙女美人之類，而另一個打心眼裡厭棄一切男人，因爲她只鍾情於她的表哥慕容復。以後，隨著王姑娘遠涉山水去尋找她心中的白馬王子，到段譽癡情相隨又屢遭拒絕，並且隨時受到她癡情爲表哥而將他冷落一旁的刺激，段譽仍於刀光劍影中背馱王姑娘，幾次冒死救她脫險，換來的卻仍是一廂情願。到最後段譽終於大徹大悟：「適才我只想，如何和她在荒山孤島之上，晨夕與共，其樂融融，可是沒想到這『其樂融融』，是我段譽之樂，卻不是她王語嫣之樂。我段譽之樂，其實正是她王語嫣之悲。我只求自己之樂，那是愛我自己，只有設法使她心中歡樂，那才是眞正的愛她，只爲她好。」於是段譽當機立斷，告訴王姑娘「你不用傷心，我去勸告慕容復公子，叫他不要去做西夏駙馬，要他及早和你成婚」。同時他也對慕容復保證自己會遵父命去西夏當駙馬。豈知小人慕容復野心在胸，全不顧人間眞情與癡情，竟殘忍地將段譽與王姑娘投（逼）入枯井之中。然也正因段、王兩人在枯井之「死遇」，倒使王姑娘倏然頓悟世上只有段譽才是唯一眞愛她的人，於是，事情便即刻起了戲劇性的變化，在死神面前，兩人以心相許共成連理，也就在一個情深義重，一個自私涼薄的比較中，王姑娘的「三生之約」、「終身相隨」便應了段譽的夙願。在愛神戰勝了死神的同時，原先想得而不可得，現在不想得竟然一下便得到了，這豈不是「滅諦——涅槃」？再來看看王姑娘：「段公子，我眞是糊塗透頂……」「她從井口躍到井底，雖只一瞬間，內心卻已起了大大變化」。由癡情迷戀慕容復到幡然醒悟原來眞愛她之人是段譽，不正也爲段譽之「滅諦」作了佐證嗎？所以，段譽與王姑娘，兩個人物的生命相依是生活對佛的一種現實的解釋與理想的解釋。

日本著名畫家、散文家東山魁夷在《聽泉》中寫道：「不要認爲鳥兒都按照自己的意志飛翔的。牠們爲什麼飛？牠們飛向何方？誰都弄不清楚。這連那些領頭的鳥兒也無從知曉。」段譽莫名其妙地跟著一面之交的滇南普洱老武師馬五德到無量山劍湖宮看比武，雖純屬偶然，但多少也有點未按「自己的意志飛翔」之跡，什麼是熱鬧，什麼是兇險，什麼是人情練達，什麼是圓通世故，對於段譽來說是渾然不知的。自己「爲什麼要飛？飛向何方？」這連他自己也搞不清楚。然就在這個朦朧、無意的生命舉措中，我們卻聽到了一種來自天性與德育的聲音，恰如東山魁夷接著寫到的：「鳥兒在清泉旁邊歇歇翅膀……人人心中都有一股泉水，日常的煩亂生活，遮蔽了它的聲音。當你夜半突然醒來，你會從心靈的深處，聽到幽然的鳴聲……心靈的泉水教導我：只有捨棄自我，才能看見眞實。」段譽自尋的煩擾，恰如鳥兒拚命地擺動翅膀，在浩瀚的天空中疲於奔命，他是

「自落江湖，身不由己」。在這生死攸關之刻，也正是他來自心靈的泉水，在不斷地清醒自己、拯救自己，甚至昇華自己。這「清醒」、「拯救」與「昇華」，引出了段譽性格三個內美部分：首先與鍾靈、木婉清、王語嫣三個姑娘的曲折奇遇與恩愛苦楚之情，凸顯了他認眞去愛又認眞割愛的眞誠性格，且與前二者因是父親私生女而兄妹不能相愛時，又迅速從悲苦中跳出來，眞誠地移情於兄妹之愛，純淨情感，眞摯言表，令人敬仰！此是心靈美。其二是厭惡武術。棄榮華富貴偷跑出家而淪落江湖，面對以武稱霸的江湖社會，又毫不動搖地質疑它——「爲什麼要學武去打人殺人？」正義之心，實可感動上蒼。此是行爲美。第三是老天偏偏安排給他一個意外，讓他無意中學了「六脈神劍」和「凌波微步」這蓋世武功。但我們無論在天寧寺還是在黑松林，抑或少室山還是少林寺，所看見他的武功發揮的格鬥行蹤裡，都會看到這麼一個奇怪事實：每次「六脈神劍」出手幾乎都是爲了救人，每次「凌波微步」展現，都是被動應戰或爲了逃避兇殺，並且幾乎不會傷人。與有了一點點武功就想殺人稱能，或想學盡天下武功殺盡天下英雄而獨霸少林之徒相比，渺小與偉大又是何等地涇渭分明！此是崇高美。

先賢孔子謂道曰：「志於道，據於道，依於仁，游於藝。」荀子亦曾謂道曰：「道者，非天之道，非地之道，人之所道也，君子之所道也。」段譽正是依據此「道」而走他的「君子」人生之路，建立起與朋友的美學關係。段譽雖只大鍾靈三歲（十九歲），但他一出場面對殺人之劍刺向自己的胸膛反而教訓龔光傑說：「我平生最不愛瞧人打架。」又解釋無量劍應為「一慈、二悲、三喜、四捨」，這只有志在道之人才會說得出來！再看他明知危險也要拔轉馬頭去給黑衣姑娘報訊，手無寸鐵卻又自告奮勇跑到殺機四伏的神農幫營寨去，讓他們放下武器停止戰爭，此非據於道之人道之士是斷不可爲之的。隨著事情的發展，他割愛王語嫣，吸風波惡手上之毒，爲解蕭峯之圍，把慕容復長劍引向自己，放棄深仇大恨默認生父段延慶，拋撇皇袍奮然奔向大漠救蕭峯，種種無私無畏之舉，全依於一個「仁」字上！

孟子以美學的見解對一個人的人格完善過程，曾作過六個層次的劃分，源出《孟子・盡心下》：「浩生不害問曰：『樂正子，何人也？』孟子曰：『善人也，信人也。』『何謂善？何謂信？』曰：『可欲之謂善，有諸己之謂信，充實之謂美，充實而有光輝之謂大，大而化之之謂聖，聖而不可知之之爲神。」在「善」、「信」、「美」、「大」、「聖」、「神」這六個層次中，前三個可合而爲一層次，可統謂「美」。後三個亦可合而爲一層次，可統爲「神」。而後者雖然比前者高於常人卻又不易達臻。段譽非聖非神，只是一個叛逆的王子，一個普通的人，他只是恪守道、仁之義，把天性的善與後天的善珍藏於心，而不被濁世之惡腐蝕。把受教育的信與言行中的信，融合於現實作爲人生準則而矢志不移。又把「善」與「信」統一於本體而充實於身內身外，落實於生活的日常行爲之中，從而鑄就了熠熠生輝的美的性格。

對段譽的描寫或更正確地說，應該是對他的理解，應從他的性情作爲切入點，把他詩意地棲息於江湖上激烈競爭與無情格鬥中，作爲一個特殊的人生現象來看待。由於傳統所謂名門正派的自欺欺人觀念作祟，由於小自人本身的名譽氣節，然後又擴大至一個民族一個國家的所謂聲威榮辱，更由於人類天性中野蠻征服欲的「文明」氾濫，武功——東方文化中一種特有的健身修持樣式，竟然會成爲一代又一代人用於殘酷殺戮、卑鄙搶掠的「掌中寶」，於是，他們習慣於奔走江湖，習慣於以血氣與兇殺去征服別人，甚至一個民族，在血腥中求得一種癡態的情感，在毀滅中取得一種驕傲的象徵，一如變態狂的性施虐者，在眼淚、呻吟、敲打聲中，才會讓精液得到喜悅的釋放一般。他們忘記了作爲文化人類的高級意味，他們忘記了人類的存在就如草木的存在一般自由這個自然法則，錯誤地把生命力的強盛演繹成欺壓與侵略，下流地把生命的內容偷換成欲望與野心。而段譽雖和這種「時代潮」潮起潮落，卻又保持著一定的審美距離，雖被捲入江湖身不由己，但道德仁義之理性法則使他能踩在這江湖浪尖上，努力做著自我的超越。把握住這個根本，才能把握住本眞的段譽。

　　有了這麼一個堅固眞實的橋身，我們便可任意地從橋的兩頭走向段譽的心靈深處。他的生平篇章，是以非俠實俠的三十一樁大事串化構成；他的性情篇章，當以外綿內堅、無畏膽識、堅毅執著、仁義天眞寫成；他的感情篇章，以癡情不移，忠心義膽而驚天地泣鬼神，以誠摯眞性，推己及人演繹著對群體、對社會的一腔熱愛，猶如花蟲魚草對大自然的純眞情愛；處事篇章，勾勒的是一個不避兇險，但求益人的形象，也是胸無詭計、誠以待人的純潔力量的象徵；人生觀篇，可說是隨意有之，理性不足，猶如「六脈神劍」是劍非劍，對生命的態度認眞公開，但有時又由性情所致而變得輕率，以個人的身分向正、邪、美、醜、眞、僞敞開心扉，去求索人在江湖是什麼和他可能會是什麼。

書寫段譽其實也是解析段譽，是與段譽雙雙跳出時代的框框進行交談對話，我之所以熱中於以「後哲學文化」的方式去面對段譽一訴衷情，其原因在於雙方時代性質的差異及其文化延續中的差異所致，也由於孕育段譽的這位母親（金大俠）書寫段譽時的性情所致。若說段譽使用「六脈神劍」的神秘性在於「金大俠」賦予的行爲藝術，那麼，段譽對於我們今天而言，就不會是滋生可疑或質疑的現實性拷問，因爲就生命本眞的純淨與生活本身的可愛而言，段譽的一切對我們依然是一朵綻開生命之美的璀璨之花。

段譽的人生哲學

生平篇

人的生平是什麼，彷彿是萬花筒多稜鏡中凸顯的一塊彩片，陰山深谷一聲隱隱的雁鳴，田野裡被鐵耙翻過來又推過去的一塊泥巴，化裝舞會上一只只莫名其妙的臉相。要了解它就得穿透它，通曉它，就得把歷史的生平與生平的歷史全部掌握。且讓我們來考查一下與段譽有關的大理國，及其產生段譽與眾不同言行的歷史背景和文化背景吧。

先來看看大理國的文化概況。我們知道，大理國的民族宗教信仰是「本主」崇拜，此在南詔時已經形成，至元、明時期更盛。這種「本主」崇拜的宗教信仰，起先是一種原始社會自然宗教的村社保護神性質，爾後隨著佛教的西來，便被更爲理想化了，如《阮尚賓的故事》、《大理點蒼山的怪猿》等。而在中國的本土上，儒、道二家之滲透又是無法抗拒的事，所以此時的大理，便又有了楊黼的神奇傳說、趙雪屛「一升米」的故事、李之陽識狐逃狐的神機妙算等。傅光宇先生在〈試析白族文人傳說的文化要素〉一文中，曾將大理白族文化列表如下：

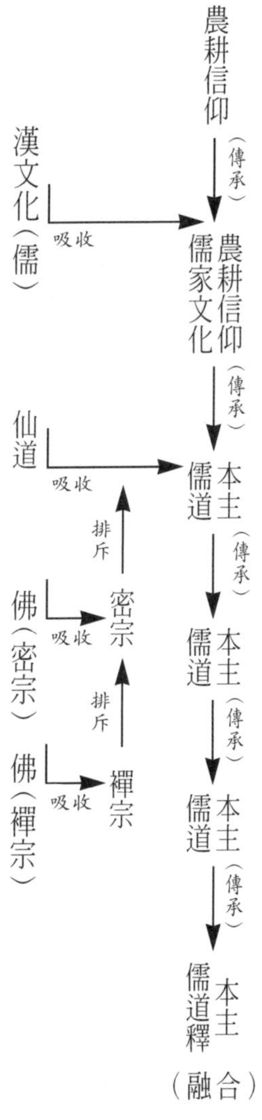

由此表所列，其時大理白族文化及各要素之組合關係，就約略可窺一斑了。

自大理最早盛於大乘密宗，就已歷史地表明，大理文化並非是一個只崇拜「本主」的封閉、落後和孤立的文化，它呈現著相當程度的開放性和交流性，因而正如傅光宇先生所說的，它的「結構是動態的，而非靜態的。它善於吸收新事物，以營養自己，豐富自己，從而不斷發展自己」。了解了這一點，我們就再也不會責怪不懂武功的段譽爲何要東奔西走，「莫名其妙」地「瞎闖」龍潭虎穴了，也就不會單純地去看段譽千里迢迢蘇州之行只是爲了兒女情長了。

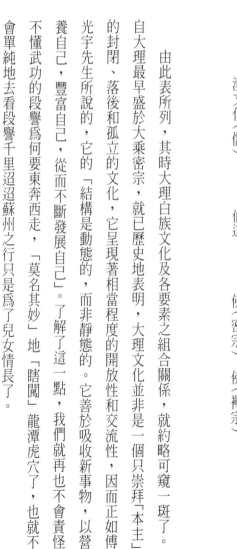

作爲一個王室子弟和一個普通的人的段譽，他的成長也是與大理的文化歷史分不開的。大理是一個以農耕爲主兼及捕魚、伐木的社會，而農耕便自然和江南諸地一樣，既不能沒有水，又忌怕水氾濫成災，所以以吐水吸水爲天上第一能的龍作爲圖騰，既是白族人民的自然崇拜，也與華夏各族的自然崇拜（個別民族除外）相吻合。當時的白族大姓有楊、趙、董、尹、李、何、段、高，被稱爲「九隆氏之後」，「隆」與「龍」諧音，此亦爲龍之圖騰的現實體現之一。段譽的誕生，就在此歷史文化的背景當中。

那麼，段譽到底是一個什麼角色呢？這也應該把他放到民族發展的歷史過程中去看了。楊秉禮先生在《民族〈創世紀〉源流初探》中說：「五〇年代中期，雲南學術界曾對白族的起源和形成展開了一次廣泛的討論，不少學者都發表了意見，大體歸納爲：一、土著說：白族是雲南的土著民族；二、氐羌之後說：三、漢族之後說；四、融合說：白族是多民族的融合而成。筆者認爲：『氐羌之後』一說較爲可信。但必須說明的是：白族雖然是氐羌之後，但在其形成過程中，也融合了先後進入洱海地區的其他民族，如『哀牢夷』、漢族等。這融合過程是在南詔、大理國之前，即唐宋以前就已完成。《史記・西南夷列傳》載：『西至同師以東。北至楪榆（今大理）名爲巂昆明，皆編髮，隨畜遷徙，毋常處，毋君長，地方可數千里。《史記》又指明這些隨畜遷徙的部落『皆氐類』也。唐初在洱海區域的『昆明蠻』，據《通鑑》說，『即漢之昆明也』。可見唐代的『昆明蠻』與漢代的昆明部落是一個，都屬於氐羌族。他們就是今天白族的前身，亦即白族形成過程中的主要成分。」拜讀楊秉禮先生的論說，我們需特別注意的有兩點，一是白族融合哀牢族、漢族是在南詔、大理國以前；二是唐代「昆明蠻」與漢代昆明部落是一個，都屬於氐羌族。在開放、發展中形成白族，在白族的開放、發展中又孕育了段譽，這對於段譽性格的形成，將產生至關重要的作用，並且更能說明段譽爲何如此青睞王語嫣，以及對蕭峯、虛竹等又能如此親近厚愛的情由。

在楊秉禮先生的論文中，還摘有白族〈創世紀〉異文之一《點菜疏》：

妹妹（兄妹）走了三年了，
「阿白」三升吃完了，

鐵鞋穿朽了，
鐵衣、鐵褲穿破了，
遊天下看見了什麼？
天下只有兩姊妹（兄妹）！

這雖是講盤古、盤生二兄妹不願成親，觀音叫兩兄妹穿上鐵衣、鐵褲、鐵鞋，帶上吃的「阿白」雲遊天下，最後以「天下只有兩姊妹（兄妹）」為由而不得不結合才繁衍了人類的故事，卻能事事預兆或印證著段譽與鍾靈、木婉清、王語嫣三個姑娘也是三個兄妹的一段難捨難分、剪不斷理還亂的戀情糾葛，巧合的另一面卻正是正兒八經的歷史傳說，歷史的民間傳說演繹了生活中的民間故事，它也為段譽的「荒唐」或稱「多情」摸到了頗為令人信服的歷史血脈，當然同時也使段譽這個人物更多了一份歷史文化的內涵。

那麼，為什麼金庸先生要把段譽愛戀過程都放在三個「兄妹」的身上呢？這是藝術上重複的敗筆呢？還是故意來凸顯段正淳的放蕩與荒唐對自己後代造成的惡果？否也，看來解謎還是得從文化的歷史背景中去找尋答案。

晉人常璩在《華陽國志．南中志》裡爲我們講了這麼一個故事：在古代哀牢國一個叫永昌的地方，有一個名叫沙壺的婦女，她在哀牢山下居住，以捕魚爲食。一天，在捕魚時突然在水中碰到了一截沉於河底的木頭，於是，便令人驚奇地感到有了身孕，十個月後分娩，竟生下十個兒子。張福三先生在《拔牙神話的原始內涵》中論證道：根據彝族學者劉堯漢的考證，所謂「沙壺」的「沙」是指果實成熟，「壺」即葫蘆；「沙壺」就是成熟了的葫蘆。他認爲這「九隆神話」是用「沙壺」這成熟了的葫蘆去比喻成年婦人。我們還應注意到的是在這類「九隆神話」中，都把成熟了的葫蘆裝上牙齒，因此張福三先生又說：「如果說在葫蘆神話中，說葫蘆長牙齒還是一種含蓄的象徵的說法，表明女性生殖器已經成熟，那麼在壯族、苗族的另外的神話傳說中，就直截了當地講，遠古的時候，女人的生殖器是長牙齒的，如果男女要進行婚配必須拔掉牙齒，否則不僅給男方帶來痛苦，而且還可能帶來災禍。西藏高原上珞巴族的神話『斯金金巴巴娜達明和金尼麥包』記述了這麼一個神話故事：神奇的西藏高原上住著美麗的斯金金巴巴娜達明和金尼麥包，在白雲藍天下，在廣袤豐饒的草原裡，這兩個勤勞勇敢大地的兒女們眞誠相愛了，爲了建設美好的家園，爲了壯大他們的民族，他們決心結爲夫妻繁衍後代。可是在新婚初交之時，金尼麥包猛然感覺他心愛的斯金金巴巴娜達明柔滑神秘的下陰裡，竟然長著牙齒，並且不顧他愛的熱烈、愛的瘋狂，反倒不通人情地、野蠻殘酷地在悄悄地咬噬他向她伸去的陽物，金尼麥包疼痛難忍，怨氣頓生，便不顧正癡心愛戀著他的斯金金巴巴娜達明尚沉醉在新婚初交的歡悅與期待中，即時便生氣地跑掉了。當斯金金巴巴娜達明從幸福與激動中清醒過來，明白了緣由，面對孤獨的痛苦時，她毅然決然地下了最大的決心要找回幸福，忍受了巨大的壓力與痛楚，想法子把那瞧不見的牙齒給磨掉了！在她眞誠的期盼下，金尼麥包又重新投入了她的懷抱，並給予更爲熾烈與火熱的愛……」針對這一神話，張福三先生又說：「如果孤立地來看待這類神話，它們表達的似乎只是原始人對性的恐懼，說得更確切一點，就是對處女的恐懼。但這類神話仍然集中在只有拔牙齒才能成婚結合這一關鍵問題上。因此，把這兩類拔牙神話加以聯繫起來看，它們表達的仍然是一個共同的基本觀念：就是每個人必須到性成熟時（青春期）通過拔牙才能取得戀愛、結婚的資格。對達不到年齡的男女，或沒有拔牙的男女，將採取較嚴格的宗教和道德的雙重約束和制約。他們不能結婚，甚至還不是社會的正式成員。只有舉行了『拔牙』儀式之後，宗教和道德的約束才能解除，你這時才算是進入社會的眞正的人。」這是第一層意思，我以爲「拔牙」眞正重要的關鍵，在於第二層意思：「拔牙表示性的成熟，是取得婚姻資格的前提，那麼，神話裡所反映出來的婚姻是屬於哪一類婚姻形態呢？仡佬族的拔牙神話已經清楚地表明，在拔牙習俗以前實行的是一種血緣內婚，兄妹曾經是夫妻，這是符合道德的；而這以後，人類婚姻制度進行了一次重大改革，嚴格禁止兄妹近親結婚，廢除不同族不能結婚的規矩，拔牙習俗的心理就是這一改革的產物，這時的婚姻法形態應該是一種氏族外婚。而且作爲一種社會心理的道德法規固定下來，社會成員必須遵守，否則就要遭到天譴（雷擊），曾經是符合道德的血緣婚姻變成不合法了。……原始人類爲什麼要用這種人體自我傷殘的痛苦形式，來建立這種婚姻形態和道德規範？不如此就改變不了舊習，不如此就建立不了新規。而且拔牙是一種直觀性很強的方式，很容易識別。從生理上來說，人的牙齒的生長，的確能反映一個人的成長，就是用現代人的眼光來看也是如此。」可見，金庸先生把段譽的愛戀不斷重複於三個「兄妹關係」之中，是有其歷史淵源的。他意在段譽不斷地闖、不斷地愛，也就是在不斷地與舊式的家族內部婚姻抗爭，拔牙拔的就是這種皇室血脈的通婚現象與陋習！更爲難能可貴的是，段譽驚險相遇與風浪中找尋這三個「兄妹之愛」，還更是一種段譽自身對婚姻改革、對婚姻有自作主張的一種自主精神！

著名文化人類學家李維・史特勞斯說：「神話和儀式遠非像人們常常說的那樣是人類背離現實的『虛構機能』的產物。它們的主要價值就在於把那些曾經（無疑目前仍然如此）恰恰適用於某一類型的發現殘留下來的觀察與反省的方式，一直保存至今日；自然從用感覺性詞語對感覺世界進行思辨性的組織和利用開始，就認可了那些發現。這種具體性的科學按其本質必然被限制並注定要由精確的自然科學達到不同的結果，但它並不因此就使科學性減色，因而也並不使其結果的眞實性減色。在萬年之前，它們已被證實，並將永遠作爲我們文明的基礎。」最後段譽被藝術地確證爲非段正淳之子，而是段延慶的私生子，也因此可與王語嫣──段正淳的私生女結婚。此正是「拔牙」的最有力例證，段譽不是段正淳所生之驚與原卻是「四大惡人」之一段延慶的私生子之痛，便是反血緣婚姻與反皇朝血親爲至高無上、至貴至尊的叛逆形象建造與自主精神新形象的樹立。

在《天龍八部》裡，曾經有那麼一幕「人生兒女之戲」是那麼地驚險、激烈和殘酷，讀過之後令人久久不能忘懷，那就是「惡貫滿盈」的段延慶將木婉清和段譽關押在巨岩下一個石洞的小屋裡，又給他們服了「陰陽和合散」，利用春藥的藥性大發，來促就兄妹媾合。其時木婉清春心蕩漾，除去衣裳，滿臉緋紅，眼神全是求春之光，口中狂喊段譽「快過來抱我」。而段譽也渾身燥熱，把衣服全部撕下，禁不住一陣比一陣激湧的春潮，僅藉「凌波微步」驅散那攻心的慾火。兩人在小屋裡奔跑、旋轉，展開了一場性慾與靈魂（理性）的大搏鬥。這令人驚心動魄的一幕，便自然讓我們想起了雲南白族著名的「繞山靈」節日。一隊隊男女踏歌而行，在歌舞中令人注目的是有一反覆出現的儀式：某一隊最前領隊之人，是一男一女，這兩個人會一次次地當著大眾之面做旋轉繞柱（圓）的動作，且男的手中拿了一枝翠竹或樹杈，不時地將它拍地，同時在與女的做旋轉繞柱狀的時候，又會突然急轉過身來（逆向動作）倏然與正在順勢旋轉的女郎相碰面，並趁碰撞之興對起山歌來。如此反反覆覆，情勢不減，綿延愛情。我們可想而知，當這動人的一幕如果呈現在我們面前，那麼我們也會按捺不住已被興奮了的心情，自然而然地便欲參與這一「繞山靈」的愛情遊戲了。因爲這是自然而生發的生命之歌，是由情而滋生的生命之歌。且這生命之歌舞，又是以明顯的兩性交合爲目的的生命傳承，作爲一個活生生的人，在如此樸實、眞誠、自然又渾厚的歌舞中，都會倏然感覺有味而自然入列的。所以，黃堯先生在他的專著《生命的意義——雲南少數民族生命觀研究》中評價這個現象說：「『旋轉』所以是一種有意味的形式，是合乎已經進步了的社會心理。在父系制逐漸代替母系制度的發展階段，社會需要對原有的衍傳具有相當的穩定性，一經共同認定的東西則很難改變；另一方面這移變又勢在必然，它必須轉變到逐漸產生的新規範之中。因此，我們可以說『旋轉』是社會的『旋轉』，是社會發展驅動傳統文化的嬗變。」黃堯先生從社會學角度對這旋轉作了充分的肯定，但隨後他又從歷史學的角度對「旋轉」分析說：「『旋轉』所以是一種有意味的形式，還在於它以寬容的態度對待過去的歷史，達到了相容既往與現實的『技巧』式的圓熟。由於男女（兄妹）是旋轉後遭遇的，所以罪不當罰，這歷史因此而成爲情理所容的歷史。至於『旋轉』之後。兩相相遇，這裡還有一些難於回避的細節又如何『處理』呢？兄在前，妹在後的血緣秩序不可悖逆，可是理解爲雙方處在同一走向之中，這時雙方是互不相知生理差異的，即男不知女，女亦不知男，只有對面而遇，才能互見性別。西方的亞當、夏娃是以『禁果』爲媒體的，由於偷吃禁果，才發生了性別的知覺，即原意中的『誘惑』；而中國神話則以類似『磨扇』的『榫』（象徵男性）和『眼』（象徵女性）相合來解決性別知覺的問題，顯得更爲含蓄。由於這『含蓄』的模糊性，『誘惑』的罪名便不再成立。而亞當與夏娃則因此而獲『原罪』，必須世世懺悔。這反映了東西文化的差異。『旋轉』的『機智』和『磨扇』的『含蓄』反映了中國遠古歷史的邏輯及兩個互相銜接的歷史階段的雙重妥協，即母系制向氏族外婚過渡中對自身血緣內婚歷史予以認定的妥協；父系制確立之初對依然強大的母系制歷史予以認定的妥協。而『雙重妥協』的結果則是歷史的完整保留，完整而準確的歷史是可以承擔任何『罪名』的，於是伏羲女媧兄妹依舊被尊爲始祖，而不至加罪於人，如亞當夏娃之被放逐。」

段譽和木婉清在毫無防備之下誤服了「陰陽和合散」，並由此春藥勃發，春情騷動，恰如人爲地爲他們製造了一個「繞山靈」，而他倆在巨岩下石洞小屋內重演的「繞山靈」，不是讓我們去與上述「繞山靈」相比較，也並非借用黃堯先生的觀點去套段、木兩人的行徑，而在於我們必須跳出舊有的視角，換從另一角度去看小木屋內段、木兩人的「旋轉」——即歷史的「約定俗成」與「很難改變」在段譽與木婉清小屋奇遇又雙雙春情勃發面前，它又該做怎樣的處理，或者更確切地說，它應該做何更改。因爲在段、木兩人不是因「旋轉」而相遇生情，而是因難熬春情之動而「旋轉」，是在用理性去壓抑感情的本能的慾求，一句話，是在用生命的力量抗衡生命的本能中的「旋轉」，是知其男女之情的「旋轉」，這就在其中徒然升起了以殘酷的現實掙扎去批判過去可容忍的歷史這麼一層深意，由此再來歷史地看待這「旋轉」，就會頓生另外一種性質：它是金庸先生針對歷史的「旋轉」而反其意用之的，是對抗段延慶惡意的「旋轉」，而其更高的性質卻在於對抗習俗！是從生命原義的掙扎批判中去寫出生命新的意義！

既然段譽是一個求新抗俗的勇士，那麼爲什麼四大惡人爲首的段延慶之類卻要苦苦相逼，甚至處處要他的性命呢？這同一個段字之下又爲什麼會有截然不同的生命之舉呢？這就不得不讓我們再去顧問一下段氏家族的歷史。在《天龍八部》裡，保定帝段正明與段正淳有這樣一段對話：

保定帝向段正淳道：「淳弟，你猜此人是誰？」段正淳搖頭道：「我猜不出，難道是天龍寺中有人還俗改裝？」保定帝搖頭道：「不是，是延慶太子！」

此言一出，眾人都大吃一驚。段正淳道：「延慶太子早已不在人世，此人多半是冒名招搖。」保定帝嘆道：「名字可以亂冒，一陽指的功夫卻假冒不得。偷師學招之事，武林中原亦尋常，然而這等內功心法，又如何能偷？此人是延慶太子，決無可疑。」

段正淳沉思半晌，問道：「那麼他是段家佼佼的人物，何以反而要敗壞我家的門風清譽？」保定帝嘆道：「此人周身殘疾，自是性情大異，一切不可以常理度之。何況大理國皇座既由我居之，他自必心懷憤懣，要害你我兄弟倆身敗名裂而後快。」

段正淳道：「大哥登位已久，臣民擁戴，四境昇平，別說是延慶太子出世，就算上德帝復出，也不能再居此位。」

高昇泰站起身來，說道：「鎮南王此言甚是。延慶太子好好將段公子交出便罷，否則咱們也不認他什麼太子不太子，只當他是天下四大惡人之首，人人得而誅之，他武功雖高，終究好漢敵不過人多。」

原來十多年前的上德五年，大理國上德帝段廉義在位，朝中忽生大變，上德帝為奸臣楊義貞所弒，其後上德帝的姪子段壽輝得天龍寺中諸高僧及忠臣高智昇之助，平滅楊義貞，段壽輝接帝位後，稱為上明帝。上明帝不樂為帝，只在位一年，便赴天龍寺出家為僧，將帝位傳給堂弟段正明，是為保定帝。上德帝本有一個親子，當時朝中稱為延慶太子，當奸臣楊義貞謀朝篡位之際，舉國大亂，延慶太子不知去向，人人都以為是給楊義貞殺了，沒想到事隔多年竟會突然出現。

如是說了，且讓我們來看看歷史記載的大理國又是怎麼回事。《新唐書．南蠻傳》記「蒙舍」爲「東距爨，東南屬交趾，西摩伽陀，西北與吐蕃接，南女王，西南驃，北抵益州，東北際黔巫」。這是指西元七世紀中葉，一個叫「蒙舍」的小國，在歷經戰爭中發展壯大，並統一了洱海地區的六詔，又在唐王朝的扶植下，最終建立了「南詔國」，該國共歷十三王，二百四十七年後爲大理國所吞併。關於大理國的興起，李勤德先生在《中國區域文化》中講了一個故事：「在景泰元年所立的三靈廟碑稱，在這裡的一位長者沒有後代，於是在園中默默禱告，園中的李樹掉下一顆大李，墜地變爲一位漂亮的女子，長者非常喜愛她，長大後稱爲『白姊阿妹』。一天，白姊阿妹在江中沐浴，『見木一段』，觸碰她的纖足，又變成龍而去。阿妹感覺懷孕，生下一子段思平，建立了大理國。」故事雖毫無歷史根據，但作爲歷史的文化參照，這「見木一段」中的木與段，倒頗爲發人深省。木，源於草，發成木，根植於土，桿直衝天，此豈不是男性陽物之象徵嗎？段者，事物的分劃也，以此喻曉天意，該一段區域，將爲白姊阿妹所生子所轄，故白姊阿妹將其子姓段。當然此爲筆者的猜測。眞正的大理國第一世王段思平，《辭海》上是這樣記述的：「段思平（八九三至九四四），大理第一世王。西元九三七至九四四年在位。出自白蠻大姓。世爲南詔貴族。唐昭宗天復二年（西元九〇二年），貴族鄭買嗣滅南詔。其後，歷經大長和國（九〇二至九二八）、大天興國（九二八至九二九）和大義寧國（九二九至九三七）。五代後晉天福二年（西元九三七），原通海節度使段思平滅大義寧國，建大理國。」而在文化上，李勤德先生又說：「大理國的文化似乎比南詔更顯示出中原文化的影響，與南詔不同的是，大理國主自認祖宗是甘肅漢人，所以對漢文化的學習和仿效，更容易、更直接。漢文化在大理國直接通用，知識分子都能讀漢文，寫漢文，自稱『釋儒』。官商各界都均買漢文書籍。宋孝宗乾道九年（一一七三年），大理國李觀音得、董六斤黑、張般若師等二十三人來邕州議馬匹貿易，給宋官文書，要求購買《文選五臣注》、《五經廣注》、《春秋後語》、《初學記》、《切韻》、《玉篇》、《集聖曆》、《百家書》等書籍，儒家思想和佛教義理已滲入政治生活和文化生活中。夷漢融合的白蠻是大理國內的上層，此時白蠻文化已經提高到漢族水平。烏蠻和其他落後部族，也都有不同程度的提高。元朝滅大理國後，唐朝史籍所記載的許多落後部族不再見於記載，說明它們的文化提高後融合於白蠻或漢族了。」

大理國也有自己的文字，這種文字稱爲僰文（白文）。嚴格說來，僰文實非另一種文字，它是用漢字記白族語音，半添少許新創字於文中間，大理國士曾用這種白文寫下了《白史》、《國史》等歷史著作。大理國也實行科舉制，被尊爲「釋儒」的人，往往是合佛教、儒學爲一體的知識分子。郭松年《大理國記》稱：「師僧有妻子，然往往讀儒書。段氏而上，有國家者，設科選士，皆出此輩。」可見段譽本是漢人之後，因故落陷蠻夷之族，轉而又向漢族進化融合，實是白蠻文化（其中更是大理諸郡少數民族的典型）向中原文化靠近融合過程中一個現實寫照的代表人物。《天龍八部》中段譽自稱爲「我段氏先祖原是中原武林人士，雖在大理得國稱帝，絕不敢忘了中原武林的規矩」，且又處處以儒家佛教之說喻事明理，此大理文化與中原漢文化之關係，與李勤德先生之《中國區域文化》中考證大理文化的特徵是不謀而合的！

好，我們在「『本主』宗教崇拜」、「民族的歷史」、「文化的歷史」、「習俗的衝突」、「段氏的家史」這五大背景中，已見出了段譽明晰的「釋儒」形象，有了這樣科學的分析方法，我們就可進一步科學地去分析段譽的生平及其所作所爲了。

我在前面的緒論中，已將段譽的生平所爲記略爲三十一件大事，如果再將這三十一件大事按類規劃，那便是：

人文

一、大義凜然，與鍾靈姑娘去神農幫險地宣讀「和平宣言」；

二、一心救人，爲報伏訊遣返「黑玫瑰」自投羅網；

三、眼見危勢，捨命爲風波惡吸出手上毒；

四、仗義助弱，爲救丐幫弟子，假扮慕容復，天寧寺內迎戰西夏大將赫連鐵樹；

五、松風林濤，棋盤邊六脈神劍劃破幻境救了慕容復；

六、不計前嫌，毅然去西夏爲慕容復攔阻假段譽。

重義

一、石室之內，面對裸女拚命走步熬對春藥；
二、松鶴樓上，與大俠蕭峯豪飲四十大碗又義結金蘭；
三、純眞癡情，與虛竹在醉誇情人的氛圍中結爲兄弟；
四、少室山上，數千英雄圍殺蕭峯，竟在同仇敵愾之中引薦虛竹與蕭峯義結兄弟；
五、爲友捨生，寧冒肝腦塗地之險，糾纏慕容復把劍引向自身；
六、少林寺中，尋找蕭峯又遭鳩摩智暗算；
七、斗室兇殺，放棄殺戮認生父；
八、塞外蒼茫，拋脫皇袍趕赴疆場救蕭峯；
九、萬人軍中，與虛竹徒手生擒遼帝退敵兵。

珍情

一、不顧安危，爲救鍾姑娘隻身獨闖「萬劫谷」；
二、猛鑽地道，一心只爲救鍾靈；
三、勇無畏色，救語嫣胸擋卓不凡「一字慧劍門」；
四、假以招親，爲會王姑娘不計前嫌去西夏；
五、西夏路上，懸崖之旁絕無二心救語嫣；
六、月下池邊，大樹底下癡情割愛，玉成姑娘夙願；
七、主重情感，爲勸慕容復，反被小人騙壓在枯井中。

士勇

一、面對兇惡，拒作徒弟反將南海鱷神收作徒；

二、不畏強凶，鳩摩智手中救出保定帝；
三、奮力救父，蜀北木屋慘遭毒蜂咬螫；
四、木屋地上，生父險將鋼杖戮其命。

智膽

一、身陷囹圄，在無量劍囚室中坦然學好「北冥神功」，練就「凌波微步」；
二、命懸之徒，卻是悠然聽棋點清板；
三、天龍寺內，安然心學「六脈神劍」再增威；
四、蘇州莊園，智識阿朱，巧挫王夫人；
五、大理皇宮，坐上皇位治國安邦。

當然，這五個歸類也並非盡然，其中，人文中有重義，重義中有人文，珍情中充滿著士勇，士勇中飽含著珍情等，無不是相互連結，相互滲透，使之每一類型的作爲都有血有肉，有情有膽，且有的還義勇兼蓄，人文精神凸顯，「這一個」段譽可謂是閱之不完、思之良久式的人物。

大千世界中，人是萬物之靈長，然人在這世界中又顯得相當渺小，渺小的人欲在茫茫世界中以靈長而著光彩，以靈長而見奇特，確係云云眾生中之佼佼者，段譽，當是從他「獨出一隻角」的生活行徑，在扮演或在努力追隨著這麼一個角色的。

人是現實的，但他的思想會飛；飛又爲人的客體條件所限制，但人的情感會飛；思想的飛加上情感的飛，豈不就成了一個非比尋常的人身上長出的雙翼？段譽正是乘著這雙翼，在人海茫茫中飛，在情海茫茫中飛，在險浪惡潮中飛，在烏雲與陽光夾縫中飛……

初踏社會，不知天高地厚，自知一介書生，手無縛雞之力，卻偏是大義凜然，爲制止你這一幫我那一派的無謂械鬥，鋌而走險，與鍾靈同去神農幫，良善淳厚又正直無畏地規勸正在煮煉毒藥的神農幫，以「冤家宜解不宜結」、「凶毆鬥殺有違國法」曉喻神農幫主司空玄，即令土石蓋頭也絕不後悔。更爲可貴的是他「吃苦不記苦」，本來一匹黑馬可以去救鍾靈，卻偏偏在道中遭遇伏兵，又憑自己的機智思考，料想伏兵是對準黑馬主人的，於是，便又善心大發，拔轉馬頭去報訊。在好心不得好報、即將慘遭瑞婆婆等殺害之際，段譽非但不後悔、不畏縮，反以大丈夫的浩然正氣面對死亡：「是否英雄好漢，豈在武功高下？武功縱然天下第一，倘若行事卑鄙齷齪，也就當不得『大丈夫』三字。」路見不平，仗義報訊的英雄氣概溢於眉宇言中。就憑這善良的本性、正直的秉性，段譽以自己獨特的方式，行演著他的人生軌跡：救鍾靈半路殺出個「程咬金」來，黑衣女郎木婉清被困小屋，見義勇爲的段譽全不顧個人安危，挺身掩護木婉清，爾後木婉清亦以黑飄帶黑馬救了他，雙雙逃出虎穴，偏又碰上了「四大惡人」之一南海鱷神，面對以兇惡爲榮的南海鱷神，他又憑藉凌波微步的巧用，竟風雲突變地反將南海鱷神收爲了徒弟。善良與神奇，正直現與曲折，同時又雙重地演繹著段譽的人生之旅：起先孤身獨闖「萬劫谷」因險得福，刻有「北冥神功」的卷軸無意中獲之；後被無量劍吳光勝、郁光標等囚於小木屋，以心制危，以學治亂，竟然由「手太陰肺經」起，練就了世所罕見的「凌波微步」。殊不料英雄才成「好漢之功」，又倏然遭遇血性男兒一概無法抗拒的本能誘惑，那青袍客捉來木婉清與他同室，又暗下春藥促其兩人發情交媾，以促成其兄妹亂倫之辱。面對「雙頰如火，說不出的嬌豔可愛，一雙眼水汪汪地」，又因「煩躁熾熱除下了外裳」的木姑娘，他是「雙目如血，放出異光，臉上肌肉扭動，鼻孔不住地一張一縮，全身發滾，猶如在蒸籠中被人蒸熔相似」。在這麼一個陰陽兩情噴發又互處斗室之間，且兩人都已半裸相對，可謂是本能生命之源的「油井」噴發，不可抑制！然段譽還是以走「凌波微步」緊緊扼住這正在噴發騷情的井口，一如貝多芬緊緊扼住命運的咽喉一般，他用理性之力與生命之力抗衡，以本能的痛苦去壓抑催人心魂的性與肉的誘惑，此情此景，眞宛如一把鐵硬尖刺的鑷子，在以拔動人體內的各條神經而彈奏出一曲悲壯的生命之歌，動人心魄，摧人肝膽。然即使處於這情與死的關頭，段譽仍不失爲一個理性的「釋儒」，當黃眉僧欲營救他倆而與「惡貫滿盈」在洞口既比內力又比棋藝時，段譽會刹時間聚集精力，爲黃眉僧點其清板手教七步棋法。遇危不懼，遇險不亂，段譽眞堪稱儒將一絕。生命不息，救人不止，這又是段譽生平一大特點。才咽下一口氣，又有「四大惡人」之一葉二娘在旁脅迫生命，段譽又奮不顧身，猛鑽地道去救鍾靈，只可惜天不遂人意，鍾靈、木婉清二個姑娘與段譽歷經生死之劫，到頭來竟都是段正淳的私生女——他段譽的親妹妹！好姻緣全被這猛然之間飛出來的惡棒打了個七零八落、破帛飛絲，成雙鴛鴦被棒打之後當然只得各自東西、含恨天涯了。

峰迴路轉，段譽由於在萬劫谷得了五個高手一小半內力，又在保定帝搭脈察看他病情時吸了他的內力。先吸得無量劍派七弟子的全部內力，後又吸了段延慶、黃眉僧、葉二娘、南海鱷神、雲中鶴、鍾萬仇、崔百泉等七大高手的部分內力，翌日又得了保定帝、本觀、本相、本因、本參段氏五大高手的一小半內力，體內眞氣奇厚，內力大強，因不懂這眞氣貯藏之道，體內眞氣鼓盪，力旺壯盛，迷亂了神經，奇衝難忍，但在勘迷返清之際，便潛心偷學了六脈神劍。殊不料好事多磨，好人多難，本性耿直的段譽在天龍寺又遭鳩摩智點穴擒擄，且要拿他作人質——其實是人的誘餌，去姑蘇找慕容復。在姑蘇鳩摩智又心腸歹毒，幾次欲將段譽作六脈神劍的圖紙而欲焚燒，以引慕容復出來相見。然也就在這生命攸關之時，段譽亦不忘以智處事，以識斷人，他在溫馨和平又潛伏殺機之境中，智識阿朱，巧挫王夫人，並贏得了結識王語嫣姑娘——這個影響他一生的武術理論家。

人的一生，有時會因一件小事或一件奇事而改變他的人生旅程。松鶴樓上與大俠蕭峯豪飲四十大碗，並由此義結金蘭，可說是段譽由一名釋儒而眞正走上了儒俠之路的開端。它表現在：面對剛結義的兄弟蕭峯，卻又冒險爲蕭峯的敵人風波惡口吸手上之毒；爲救被圍在天寧寺內的丐幫弟子，又假份慕容復迎戰西夏大將赫連鐵樹，而其實段譽是不曾練過武功，無有武功根基之人；在松風林濤之中，段譽又甘願以六脈神劍劃破墮入幻境，救了即將歿命的情敵慕容復；當西夏武士李延宗刀劈段譽欲將其斃命之際，王姑娘在樓上指點迷津要他「快奔出大門，自行逃命去罷」時，段譽卻是「姓段的除非給人殺了，那是無法可想，只教有一口氣在，自當保護姑娘周全」。如此情誼深重，令世人男子皆都汗顏！

許是佛緣，在虛竹被卓不凡所擒，又以「一字慧劍門」之周公劍佯傷王語嫣，未識劍招虛實的段譽即以身抵劍，即時胸膛至肚腹被劃一條長長的劍傷，鮮血迸流。而虛竹見狀，便以「天山折梅手」奪得卓不凡手中之劍，又點了段譽胸腹間傷口左近的穴道。之後，當王語嫣跟隨慕容復辭別虛、段二人時，二人竟卻因王姑娘而茫然，又因茫然而長嘆，由長嘆而抒情，由抒情成錯卻移情佛說，因佛緣情戀而成磕頭拜把兄弟。少室山上，刀光劍影，千人圍殺蕭峯，段譽引薦虛竹，在刀劈劍刺中與蕭峯義結兄弟，如此在戰火中成兄弟，刀劍中成知己者，亦又可堪稱江湖奇俠一絕！卑鄙小人慕容復爲吞併江湖之野心，計引游坦之共戰蕭峯，爲救大哥於危險之中，段譽奮然上去糾纏慕容復，一來一往差一點讓自己的腦汁被慕容復劈流於岩石上。聽得蕭峯受難，段譽又力奔少林寺尋找蕭峯，再次遭受鳩摩智的暗算；爲了能會王姑娘，應諾慕容復假以招親，不計前嫌赴西夏。而懸崖旁、枯井中爲王姑娘捨生捨命絕無半點遲疑之情，皆事事令人感動、處處驚泣鬼神。之後，好漢不計小人過，又允諾慕容復去西夏阻攔假段譽的招親。在蜀北木屋，爲救父親慘遭一場毒蜂螫咬。也就在此，這條性命差一點讓「四大惡人」之首——段延慶的鋼杖戮歿——世事眞是難料，人間變幻無窮，誰又能料到，這段譽深仇大恨之人，竟會是他的生身父親！斗室之間拚命的兇殺，瞬息之間又骨肉情長——在這仇與親之間，天大的度量使段譽放棄前仇默認了事實，比起江湖上兇狠無情之俠，這才稱得上是真正的義俠！義俠坐上皇位又沒有因位改性，「一闊臉就變」，得知蕭峯被困疆場，他拋脫皇袍立即趕赴關外戰場，與虛竹兄弟爲伍，於萬人之中徒手生擒遼帝，此比張翼德萬人之中取上將首級如囊中探物，趙子龍百萬軍中救阿斗若反掌之易，關雲長千里走單騎所向無敵更來得神奇、勇猛、驚險和壯烈。

縱觀段譽之一生曲折艱險又義肝俠膽，可列一表爲其一生俠義險道之線路圖存：

不學武功—私逃出門—相遇鍾靈—誤入「萬劫」—黑馬生事—相逢婉清—恒鬥鱷神—北冥神功—凌波微步—熬鬥春藥—聽棋點授—鑽道救人—天龍勘迷—六脈神劍—救駕保定—智挫王婦—豪飲松鶴—段蕭結義—爲敵排毒—義助丐幫—劍救慕容—命抵慧劍—佛緣虛竹—三人爲親—引劍救友—少林遭難—情遣西夏—三救語嫣—受騙枯井—再赴西夏—救父蜂螫—鋼杖逃命—棄恨認父—治國安邦—疆

場救蕭—手擒遼王

正是：

「釋儒」性本爲他人，
重義輕利秉賦眞，
癡情士勇世少有，
非文非武緣一身。

段譽的人生哲學

性情篇

女詩人顧豔在一首叫〈西子荷〉的詩裡說：

你願守著盈盈湖水
因出污泥而不染
一身清高　最是風景

有眾多的繁星
在橋裡橋外觀你讀你……
那幾柄划船的槳
越不過你築的籬

唯有藍天明白
你圍著一顆滾熱的心

如同圍著炎炎的夏
將蓓蕾初綻
但滿湖的葉飄不過海
你又傲然而不孤獨？

生於皇宮的段譽，宛如生於水中的荷，出污泥而不染，願守著的是流傳千年的文明風景——儒家之說。一身清高，寫著自己性格與行爲的風景。確實，有眾多的繁星托著你、哄著你、追隨著你，但他們的權勢、他們的諂媚、她們的賣弄風情、她們的「鶯鶯操琴」，絲毫也打不動你一顆自由逍遙的釋儒遊俠之心，就似「那幾柄划船的槳，越不過你築的籬」。當然，這並非是你的狂傲、你的愚蠻，或是你的奸詐、你的險惡，這完全出自你一顆純眞火熱的心，由這心而你便不滿足於金碧輝煌的宮殿，因這心你也無暇顧及周圍簇擁著你的無數雙多情盈盈的眼睛，因這心你熱烈奔放而走向山川大地，因這心你要去天涯海角覓知音，所謂「滿湖的葉飄不過海」是也，但「傲然」與「孤獨」，我們只有在細細走進你的性格世界，方可見出個端倪來。

一九二六年出版的《韋伯斯特新國際詞典》容納四十萬個詞，其中有關人格特點與行爲的詞就有一萬八千個。一九四二年，美國心理學家卡特爾對詞表進行了分析和壓縮，總結出十六項人格因素，即著名的卡特爾量表。一九六一年，美國心理學家圖普斯和羅克斯對卡特爾量表重新分析簡化，最後得出五個「描述人格的維度」，簡稱「大五」：

一、外向，有活力，熱情；

二、愉快，利他，有感染力；

三、公正，克制，拘謹；

四、神經質，消極情緒，神經過敏；

五、直率，創造性，思路開闊、文雅。

如以段譽對照之，他先佔了一至三項，而又佔了第五項中的「直率」與「文雅」。當然，這僅僅是理論上所謂的「人格維度」，要見出段譽內在眞正的性格特質，我們必得還要從他「釋儒」的特質，即形成他一、二、三項和五項中「直率」

與「文雅」部分的文化因素上再去深入揣摩。

應該說十九歲的段譽人生性格的形成，首先在於儒、禪、道三家學說對他的影響，而這儒、禪、道三家作爲中國傳統文化的人格模式的精髓——「內聖外王」，又是影響段譽性格特質的關鍵。

先看「儒」，孔子的「內聖外王」核心爲：

學：不學禮，無以立。

內省：內省不疚，夫何憂何懼？

自訟：已矣乎，吾未見能見其過而內自訟者也。

克己：克己復禮爲仁。

改過：過則勿憚改。

行：君子欲訥於言而敏於行。

孟子的「內聖外王」要點是：

存心：君子以仁存心，以禮存心。

寡欲：養心莫善於寡欲。

次看「禪」，慧能的「佛性」與「頓悟」：

世：於世出世。

佛：心即是佛。

眞心：行、住、坐、臥，常行直心是。

著：外迷著相，內迷著空（其反意即爲「身如菩提樹，心如明鏡台」）。

黃龍慧南：道遠乎哉，觸事而眞；聖遠乎哉，體之即神。

再看「道」，老子的「無爲」說：

無爲：無爲而不爲，愼終如始，則無敗事。

莊子說：

內直外曲：內直考，與天爲徒；外曲者，與人爲徒也。

樂：與人和者，謂之人樂；與天和者，謂之天樂。

（需要說明的是，「禪」這方面我們採用慧能與慧南，是因爲慧能系禪宗之開山，而慧南（一〇〇二至一〇六九）繼承和創新了「臨濟宗」，並由北方傳入南方，遂成爲南方禪宗的主力。慧南十七歲出家，十九歲受具足戒，先從泐潭懷澄學雲門禪，後改拜臨濟宗石霜楚圓爲師，得印可，爲法嗣。此後，曾在多處開法……「法席之盛，追媲溈潭、馬祖、百丈、百智，此爲《禪林僧室傳》卷二二所載。當他繼承傳義玄衣缽，又在其中進行變革的時期，正是段氏後理國興盛佛事之時。）

由上述儒、禪、道的「內聖外王」之論，正是我們可以看到段譽在其性格上恪守的一些爲人處事的基本準則。但在「寡欲」、「著」這兩方面，段譽又遠遠脫離於聖人之道，正若佛認爲「天地之性」絕非「氣質之性」，而段譽卻在生命實踐中把它們統一了起來，這才是似聖非聖、有血有肉的段譽。故對他性格的把握，則更要注重他在現實中經常提及《易經》的言行，如〈崖高人遠〉中有這麼一段對話：

這些人伏在樹叢之中，雖都屏息不動，卻那裡逃得過南海鱷神的耳朵？他乍得段譽這等良材美質，心中高興，一時倒也不發脾氣，笑嘻嘻的向瑞婆婆等橫了一眼，喝道：「你們上來幹甚麼？是來恭喜我老人家收了個好徒兒麼？」

瑞婆婆向木婉清一指，說道：「我是來捉拿這小賤人，給夥伴們報仇。」

南海鱷神怒道：「這小姑娘是我徒兒的老婆，誰敢拿她？他媽的，都給我滾開！」眾人面面相覷，均感詫異。

段譽大著膽子道：「我不能拜你為師。我早有了師父啦。」南海鱷神大怒，喝道：「你師父是誰？他的本領還大得過我麼？」段譽道：「我師父的功夫，料想你半點也不會。這周易中『卦象』、『繫辭』，你懂嗎？這『明夷』、『未濟』的道理，你倒說給我聽聽。」

此外，無論在凶煞的神農幫面前，還是身陷囹圄危在旦夕，他都會自傲地以「易理」、「說卦」、「繫辭」去面對敵人和自慰己心。南懷瑾先生認爲易學的發展有「兩派十宗」，兩派即一是以象數爲主的漢易，經唐宋以後，其間貫通今古的大家，應當以宋代邵康節（邵雍）的易學爲其翹楚。又別稱爲道家易學系統的，這便是道家易學的一派。二是「宋儒」崛起，間接受到王輔嗣等易注的影響，專主以儒理來說易的，這便是儒家易學一派。十宗是：一、占卜，二、災祥，三、讖緯，四、老莊，五、儒理，六、史事，七、醫藥，八、丹道，九、堪輿，十、星相。又說，易學的精神乃「潔靜精微」。因爲「唐、宋以後所謂易學的內涵，它大要包括有『理、象、數』三個要點。如果用現代的觀念來說，『理』便是類似於哲學思想的範圍，它是探討宇宙人生形上、形下的能變、所變之原理。『象』是從現實世界萬有現象中，尋求其變化的原則。『數』是由現象界中形下的數理，演繹推詳它的變化過程，由此而知人事與萬物的前因與後果。反之，也可由數理的歸納方法，了解形而上的原始之本能。再來綜合這三種內涵的定義，便可知『易、理』之學，是屬於哲學性的。『象、數』之學，是屬於科學性的。總而言之。完整的易學，它必須要由『象、數』科學的基礎而到達哲學的最高境界」。「所謂『潔靜』的意義，是指易學的精神，是具有宗教哲學性的高度理知之修養。所謂『精微』的意義，是指易學『潔靜』的內涵，同時具有科學性周密明辨的作用。」「從『理、象、數』的精華來看易學，由乾、坤兩卦而開始，錯綜重疊，旁通蔓衍，初從八卦而演變爲六十四卦。循此再演繹，層層推廣，便多至無數，大至無窮，盡『精微之至』。」由此可見，段譽三句話不離本行地爲自己的作爲提及《易》、理來對照，是他的靈魂深處蘊含著「潔靜精微」的因數。

由儒、禪、道的「內聖外王」，到《易》、理的生活參照，我們就可進一步以段譽的實際言行來作比較。

陰性超越與陽性超越

王振復先生以古奧冷僻的《周易》智慧，去詮釋及「關注」現實人生的奧秘。在他的《周易的美學智慧》中，曾專闢一章來談人格，名謂〈人格美學智慧的超越〉，在第二節「人格的比較」中，他試圖提出《周易》人格美學具有精神意義上的三個超越品格：一、無爲超越與有爲超越；二、陰性超越與陽性超越；三、個體超越與群體超越。對照段譽的言行，我以爲陰性超越與陽性超越比較符合他的實際狀況，故在此我們姑且借用王振復先生的這一標題，不過我們在這裡理解和運用的陰陽之意，也許更注重現實的印證，而不拘泥於陰陽的字面意思及其理論闡發。

先看陰性超越，其中最爲典型的是他與三個女子相識又相愛的過程。在無量劍派的練武廳上，當龔光傑佯裝跌倒時，段譽「嗤」地一笑，便由左子穆帶頭興師問罪，並遭到龔光傑的耳光和戲弄羞辱時，也是一個人「噗哧」一聲笑救了他，她就是段譽出門遇到的第一個女性鍾靈。待鍾靈知曉段譽與木婉清是親兄妹，並在岩洞邊對迷糊中正欲結婚的段、木二人大聲提醒：「段公子，你是她哥哥，絕不能跟她成婚。」到段譽已知木婉清是自己的親妹妹，鍾靈亦是自己的親妹妹時，段譽並沒有作出摔破罐子的越軌行爲和反常舉動，只是任自內心痛苦折磨心靈，反倒以平靜、關懷去愛護鍾靈，完成了兄妹之情對肉慾之需的超越。

與木婉清的糾纏，當以兩個半裸陰陽之體在小洞斗室間廝混相對，又承春藥之藥力催發引誘，所呈現的完全是古今中外堪稱典型之例的靈與肉的大搏鬥。最後，終於是理性的哥哥戰勝了性感的妹妹，完整了兄妹之情對肉慾之需的超越

（都是兄妹之情，前一個是完成，後一個是完整，此是對陰柔之情的第一次超越）。

如果說對鍾靈、木婉清的超越只是一個完整的陰性超越的兩個方面，那麼，段譽與王語嫣的情感糾葛，才可算是更高層次的陰性超越。它表現段譽面對王語嫣在園中因慕容復要去做西夏的駙馬而暗自流淚神傷，「心想：『適才我只想，如何和她去荒山孤島之上，晨夕與共，其樂融融，可是沒想到這『其樂融融』，是我段譽之樂，卻不是她王語嫣之樂。我段譽之樂，其實正是王語嫣之悲。我只求自己之樂，那是愛我自己，只有設法使她心中歡樂，那才是眞正的愛她，是爲她好』。此番心靈的博鬥，正是「內省不疚」、「君子以仁存心」、「與人和者，謂之人樂」的理性對情感的一次高層次的超越，雖然段譽無什麼驚天動地之舉，也無慷慨激昂之詞，但對「其樂融融」之「樂」的理喻，認清「樂」與「悲」在一廂情愛中的關係，到最後讓「眞正愛她」的正確意識樹立，宛如平凡中的不平凡，是那麼地令人激動，令人欽佩。所以，當他對王姑娘說：「你不用傷心，我去勸告慕容公子，叫他不可去做西夏駙馬，要他及早和你成婚——我去搶這個駙馬來做！」此刻，我們馬上會想到轟動巴黎的瑪格麗特．奇吉耶那種爲愛而傷己的崇高之舉，只不過二人之間略有一點性別差異而已。段譽超越的起點在於三位女性，女性按周易的說法是陰，所以我們姑且稱之爲陰性超越。

再看陽性超越。人的生命是一個有限物，人的生命也是最爲脆弱的，然一點也不會武功的段譽，卻全然不顧這些，每每碰上刁難他甚至以他的性命爲威脅，他總是毫無畏懼地說：你先殺了我，我再回答你，這是以英勇之氣超越了生命的威脅和死亡的恐懼。

在蠻不講理、恨男人如蛇毒的王夫人面前，段譽非但不識自己所處的危勢，更不考慮如何討好王夫人以求自己的一條生路或者受寵得賞，反而以知識傲視愚蠻，以自衛的知識優勢去勢壓不懂裝懂的王夫人：「你如向我請教，當有請教的禮數。倘若威逼拷問，你先砍了我的雙腳，再問不遲。」傲傲之情，錚錚鐵骨，令王夫人的曼陀山莊也黯然失色！

皇位是一種至高無上的象徵，在封建社會裡，更是幾多俊士豪傑拋頭顱、灑熱血又不顧幾代人性命去爭去奪，爲此弒父者有之，親兄弟之間火拚者有之，以妻以女兒換取者有之，舔屎爲宦苦熬數載者有之，獨獨段譽既不對它饞涎已久，神思已長，坐上皇位亦不一闊臉就變或愛之不捨，當得訊蕭峯塞外身危，二話不說，脫掉皇袍，推開皇座，隻身趕赴疆場。與虛竹二人冒著隨時可能發生的生命危險，徒手生擒遼帝，解了蕭峯困獸之險。此時此境，金光四射的皇座與威赫赫不可一世的神聖皇位，在段譽面前只是個零，要說有價值的，唯有兄弟之情仁義之舉！在這裡，以仁義、情誼爲基礎的人生價值觀，超越了狹隘、自私、功利和平庸。英雄之氣、鐵骨之狀、仁情之舉，如若以《周易》來解，英雄之氣即「大」（乾），鐵骨之狀即「正」（乾），仁情之舉即「和」（乾），匯成濃烈盛熾的爲陽德性，在超越中如龍升騰。

眞假參半，似是而非

以武功看段譽，段譽似乎又是個謎。被無量劍派龔光傑左手一揮，結結實實挨了一記耳光，「一張俊秀雪白的臉頰登時腫了起來，五個指印甚是清晰。」又

「將他重重往地下摔落……砰的一聲，腦袋撞在桌子腳上。」初會南海鱷神，「猛然間背心上一股大力推到，登時凌空飛出，一跤摔入樹叢之中，只跌得昏天黑地。」然而另一個段譽卻又武功超群，英勇非凡，如在天寧寺會戰赫連鐵樹時，與南海鱷神比武功：「從袖中取出一條手巾，綁住了自己的眼睛，說道：『我就算綁住了眼睛，你也捉我不到。』南海鱷神雙掌飛舞，狂力往段譽身上擊去，但總是差著這麼一點……段譽拉去眼上手巾返身回座。大殿上登時喝采聲有如春雷。」這情形與在無量劍派練武廳上判若兩人。

在少林寺的一場惡鬥，更是出乎人意料之外。且看段譽與慕容復的一場堪稱絕世英才的較量：「慕容復接過鄧百川擲來的長劍，精神一振，使出慕容氏家傳劍法，招招連綿不絕，猶如行雲流水，瞬息之間，全身便如罩在一道光幕之中……」但慕容復每一招不論如何凌厲狠辣，總是遞不到段譽周身一丈之內。只見段譽雙手點點戳戳，便逼得慕容復縱高伏低，東閃西避。突然間啪的一聲響，慕容復手中長劍爲段譽的無形氣劍所斷，化爲寸許的二三十截，飛上半空……段譽逃過了飛筆穿胸之險，定一定神，大拇指按出，使動「少商劍法」。這路劍法大開大闔，氣派宏偉，每一劍刺出，都有石被天驚、風雨大至之勢，慕容復一筆一鉤，漸感難以抵擋……陡然間嗤的一聲，段譽劍氣透圍而入，慕容復帽子被削，登時頭髮四散，狼狽不堪。此功此勢，豈不要改江湖上「北喬峯、南慕容」為「北喬峯、南段譽」之傳譽了嗎？

一忽兒柔若綿羊任人宰割，一忽兒勇若猛獅銳不可擋，剛柔變幻，勇弱無定，似海上氣候，沙漠風雲，實在難以令人辨識。

我們說，段譽應該是沒有武功的，因爲他是一個釋儒，處世所行是「內聖外王」。但我們又會說，段譽應該有武功，因爲作爲善的一個象徵，武德體現在他與社會發生關係的武功上（與蕭峯相比，蕭峯畢竟也錯殺好多無辜的人，但段譽卻沒有），這裡面似隱嵌著段譽的雙重性格，即他的「凌波微步」也好，「六脈神劍」也好，有時爲蓋世之奇，有時又一點兒也使不出來，這其實是在以特殊的事例（現象）說明：段譽有了高深武功並不會去壓人、打人、殺人，以武術之霸之威在江湖上立名，而欲以善使武在江湖上立名。段譽的武功時有時無，似更能反映文化內涵：爲什麼惡（南海鱷神之蠻惡、慕容復之險惡等）最終制不了他，治不死他，因爲他在危難之時有「凌波微步」和「六脈神劍」，這又說明了一個更深的道理——說明作者寄善於斯，民心寄善於世，善最終能護身克惡！由此便亦在更高層次上凸顯段譽一個崇高的人品：見了「眞經」不貪！他不像《倚天屠龍記》中的周芷若，原先是那麼嫵媚、純眞、善良和可愛，一旦坐上了峨眉派掌門的位子，整個的良性都變了質，且爲了「九陰白骨爪」等陰毒的武功，可以叛情殺友、毒謀和下流。而段譽恰恰不看重武功，對武功只是「好玩」而已。這好玩其實質是對武功的一種價值評判——它只能是強身健體和剷暴助弱的手段，並非是包攬天下的「絕活」。好玩又意味著作者的人生觀與價值觀：天下之治，並非武功爲首，而是以善（德）之治，果此，「金大俠」是借段譽這似武非武在立武德，擬段譽的半眞半假來頌武德！

特殊位置，特別現象

法國著名人類學家李維史陀在其名著《野性的思維》中說：「一位土著思想

家表達過這樣一種透徹的見解：『一切神聖事物都應有其位置。』人們甚至可以這樣說，使得它們成爲神聖的東西就是各有其位，因爲如果廢除其位，哪怕只是在思想中，宇宙的整個秩序就會被摧毀。因此神聖事物由於佔據著分配給它們的位置，而有助於維持宇宙的秩序。」作者「金大俠」正是巧妙地以位置來精細地雕琢段譽的性格。以形成完整但又較奇特的眞正屬於段譽的性格。

將主要幾個特殊現象羅列如下：

一、自從在無量山崖下的石室裡學得「北冥神功」，我們似總可見到這麼一個特殊現象：神功雖學，但往往發而不靈，一定要在受挫挨打之後，或是眼見別人受傷命危之刻，神功才會倏然間運發出來，以無比的威力殺挫對方，解脫險情。而當他略一走神或行將神功發揮至最高階段時，那神功又往往會魔化般地消失無蹤，立時便成一個笨手笨腳的挨打之人。

這是把段譽放在一個有武非武、似神又俗的特殊位置上，說明武只是生活中的一種解脫手段，俗才是善的形態，有時它雖會被惡所迫害，但惡最終勝不了善。如此位置，才能使段譽有別於蕭峯和虛竹。

二、段譽之人，還眞執拗有過，七歲時會對一株「十八學士」的茶花感興趣到從早瞧到晚的程度，並在半夜偷偷起床對它發呆，待花謝了連哭幾天。

西夏武士追殺段譽和王姑娘，葉二娘也以毒針連連欲殺二人，段譽以「凌波微步」逃過劫難，躍上一馬，帶著王姑娘突出重圍，此時此刻，段譽竟會對馬大叫：「乖馬啊乖馬，跑得越快越好！回頭給你吃雞吃肉，吃魚吃羊。」正若作者所云：「至於馬兒不吃葷腥，他哪裡還會想起。」眞一個傻字了得。

碾坊中被困，在王姑娘指點下連殺數名西夏武士，此時「段譽自東至西掃視一過，但見碾坊中橫七豎八的都是屍首，一個個身上染滿了血污，不由得難過之極，掩面道：『怎……怎地我殺了這許多人？我……我實在不想殺人，那怎麼辦？……這些人都有父母妻兒，不久之前個個還如生龍活虎一般，卻都給我害死了，我……我……如何對得起他們？』說到這裡，不禁搥胸大慟，淚如雨下，嗚嗚咽咽的道：『他們未必眞的想要殺我，只不過奉命差遣，前來拿人而已。我跟他們素不相識，焉可遽下毒手？』」自衞殺人，本是迫不得已，然殺人後又追悔莫及，悲慟如喪親人，這也實在少見，但這也絕非莫名其妙或神經錯亂，而是以人性之視角看待殺人，實是段譽性眞之表現。

三、面晤包三，包三極端藐視段譽，偏偏段譽卻容不得他包三藐視：「在下姓段名譽，生來無拳無勇。可是混跡江湖，居然迄今未死，好算是奇事一件。」自稱無拳無勇，但混跡江湖竟然會安然無恙，自言的一個「奇」字，炫耀著儒生智慧的深意，這與宋太祖「多用儒臣、分治天下」皆有淵源之連，又與歐陽修所言：「不徒誦其文，必能通其用；不獨學於古，必可施於今。」更有實踐意義上的聯繫。「奇」就在於一個「文治」之中，段譽一生無有武功之師，與因厭惡習武殺人而逃出家門，在無量山洞石室內誦識「北冥神功」，眞也是心有靈犀一點通，然這「靈犀」，其實正是「文治」！以文會意解意，以文融通經脈氣流，一句話，「文治」才能明體達用以武制武。

四、段譽初涉江湖，即受無量劍和神農幫欺凌，爲南海鱷神逼迫、被延慶太子囚禁、給鳩摩智俘虜、在曼陀山莊提著腦袋種茶花等五次受辱的歷史，但在受辱面前，他仍力陳和平，伸張正義，堅強不屈，勇鬥慾火，持智爲榮，毫不顧忌腦袋有隨時被搬家的危險，這是正義之善無畏。

在各派武林高手面前，面對生命的威脅，他既不識相，也不賣乖，更不諂媚，說話直來直去，如在無量劍派比武廳中，因失聲笑了龔光傑而遭來殺身之禍，但對笑，他非但不解釋（掩飾），反而坦然地說：「一個人……要是躺在地下，哈哈，那就可笑得緊了。」面對挑釁又殺氣騰騰的龔光傑，又說：「我向來不愛瞧人家動刀使劍。」更嚴正地說：「我生平最不愛瞧人打架。」直到挨了耳光並被摔跌在地，他仍說他們的比武只是「耍猴兒戲」。左子穆要攔阻他，讓他自己折辱自己的人格說三聲自己放屁，他又強硬地調侃左說：「你放屁，不怎麼臭啊！」膽量之大，令人吃驚！但內中不時流露出的那種單純與耿直，恰是純眞之情可愛。

至此我們便可悟出段譽性格中一個不易被察覺到的、極富意義和價值所在之點，即對俗世來說，該說什麼話，不該說什麼話，應該是「世事調明皆學問」的事，如若你能「人情練達即文章」，那更是人中高手了。但段譽卻截然相反，對能說不能說，他是絕對沒有預防意識或世故經驗的，與人對話，他絲毫不摻入「僞」的成分，這樣做也許會保不住自己的小命，看來他非但「不識時務」，就連混世界的常識也沒有！但正因是這個「沒有」，使他的性格中又增加了一個閃光點：就虛偽與假飾而言，是具眞正意義上的忠直與實在，是「純金可愛」！

如再往段譽心靈纖細處探測，那麼，我們又可見出另一番景象來。處處以釋儒身分亮相江湖的段譽，無論在何處見到王語嫣，都會眼神只往她身上瞧，別人的話兒全當耳邊風，即令是飛刀毒箭，他也還是個混沌不知所措的表情。在慕容復與王姑娘之間，他又經常自欺欺人，有意錯解王姑娘的意思，把王姑娘對慕容復的愛情移位到自己身上而「謝天謝地」。有時，則又看清了王姑娘只關注垂青慕容復而心灰意懶，大有一死殉情之念。這些錯位或稱變異的表現，亦同樣出現在非愛情的其他範圍中，如與木婉清在石屋中已得知囚禁他們的是天下第一惡人「惡貫滿盈」，便大叫「岳老三、岳老二！你師父有難，快快前來相救！」但轉瞬之間，又改口縱聲大叫：「南海鱷神，我甘願拜你為師了，願做南海派的傳人，你快來救你徒弟啊。我死之後，你可沒徒弟了。」由師父之尊馬上屈居為徒弟，且還加重語氣聲明「我死之後，你可沒徒弟了」，此反常心理，又令人感到寒心。又如在與慕容復的一場生死格鬥中，「段譽見慕容復來勢兇猛，若以六脈神劍刺他要害，生怕傷了他性命，一時手足無措，竟然呆了，想不起以凌波微步避讓」。因怕傷了要取他性命之人的性命，竟然先呆後又想不起凌波微步，這突發的敏、呆之大差異，智、傻之大比差，與前面提及的叫乖馬吃魚吃肉，以及慕容復要段譽去與不平道人相見，他因「斜眼偷窺，香澤微聞……於慕容復的呼喚壓根兒就沒聽見」的怪態，且越演越烈到吸取不平道人的真氣兀自不覺，仍在想著「她（王語嫣）不要我相扶」的冥頑不靈、遊談無根之相，分明是段譽性格的另一個組成部分。

可見，在段譽性格的深層部分中，除有拗、眞、怪之外，尚揉雜著醜、拙、傻。

略涉歷史的人都知道，宋朝自西元九六〇年建國，至一二七九年亡國，前後總共只有三百來年的「光輝」，且由於國勢漸趨衰弱，時運（天時）不濟，一上來就多災多難，先是遼（契丹族）的幾番入侵騷擾，西夏（黨項族）的野蠻殺戮和掠奪，後由金（女真族）的入侵，吞噬了半壁江山，擄去了徽、欽二帝，眞可謂丟人現眼。最後又遷都臨安，只坐了個南宋小朝廷，在苟延殘喘中被元（蒙古族）所滅。然而，就是這麼一個多災多難、日萎命短的朝代，卻又是奇蹟般地出現了文化繁榮、科技發達的景象，這宏觀之象若與段譽的文雅孱弱、癡傻不馴卻偏又天授北冥神功、吸盡高手內力眞氣自成奇特高峰之微觀相比較，後者無疑是前者的一個小縮影。

人是世界萬物的創造者，此說只能就社會而論。所以就社會的人而言，我們萬不可把人的「知識」、「行動」和「創造」孤立起來或割裂開來各自論說。先哲孔子的「學」、「思」和「知」的見解，是將「禮」、「義」和「仁」作爲串聯一體的、動態的關係來完整地論述人，爲此，考察段譽「釋儒」的性格構成，也就是考察和分析一顆靈魂在生命實踐中對世界的探索和對同類了解的流動過程，並在這流動過程中爲難自己、磨練自己和發展自己的心靈與行爲的成長過程。

歌德在《浮士德》巨著的開首，以「獻詞」抒懷說：

飄搖的形象，你們又漸漸走近，

從前曾經在我模糊的眼前現形。
這回我可是要將你們牢牢握緊？
難道我的心兒還向往昔時的夢境？
好吧，你們要來就儘管面前逼近！
從煙霧中升起在我們周圍飛行；
環繞你們行列的靈風陣陣，
使我的心胸感到青春一般震盪難平。

你們帶來了歡樂時日的形景，
好些可愛的影兒向上飄升；
同來的有初戀和友情，
這好似一般古老的傳說已半消沉；
苦痛更新，衰嘆又生，
嘆人生處處是歧路迷津，

屈指算善良的人們已先我逝盡，
他們在美好的時分受盡了命運的欺凌。
……

在另一首記述老博士臨死前對「憂愁」的抒懷說：

我只匆匆地把世界跑了一遭，
凡是快樂我都抓住它的頭毛，
不能滿意的，我就把它丟掉，
從我脫手的，我就讓它脫逃。
……
這個人寰在我是詳細知道，
要想超脫它，誰也無法辦到，
是愚人才把眼睛仰望著上天，

以為有自己的同類高坐雲端！

兩首「抒懷」道出了一種艱難的「活法」：人生處處是歧路迷津，善良人在美好時分總是受盡欺凌，所以，人起先的欲望是什麼都要抓，那怕是一撮頭毛也是好的，到後來終於醒悟，抓來不滿意的就將它丟掉，得不到的你也不要去強求。正如一首歌中所唱：「周而復始的上演，一圈一圈的深陷，凹凸不平的世界，痛像齒輪噬咬著心田。」看來人類有特點的性格，總是在孤獨、磨練和多難中形成。你看段譽欲破繭成蝶，飄飛在心儀的自由世界，但江湖之殼竟是那麼地堅硬，那柔軟的抽絲變成了尖密的鐵網，時時束縛住他的手腳與心靈，企圖將他困罩在簡單、蒼白與庸俗之中。所以自不會有溫柔的淚向他的心窩裡流，也不會有火熱的擁抱把他包圍，而是怪狀百出、兇險沓來的殘酷現實結構起他的性格，塑造著他不同常人的、也有別於同類儒生的釋儒性格。人是被說明著的現象，但人又是說明的根據，這是說人行爲的出現是須放在社會中分析才能見出怎樣爲人的科學道理來的，但「類」的人構築起社會爲什麼要這樣或那樣，卻又非得以人的言行活動爲根據，此也是內因外因不可割裂的原因，你看段譽連學武功打架都厭惡，所以要偷跑出家，可在木屋樓梯邊、水車風葉旁，他還是殺了人。他討厭武力的糾纏和以武力去褻瀆人心與人身，但他也學起武功，且總在驚險格鬥參與（不管是出於無奈的被逼，還是發自內心的主動），以至後來爲救父親、救蕭峯、便儼然以一個武林高手的狀貌凸立於江湖之中，這就不能不說，他的釋儒性格也在隨著社會的變化而起著質的變化。自然，他高強的武功，一半來自意外及聰明的感悟，而一半正好源於正義的動力所驅，爲此，雖然他有「六脈神劍」、「凌波微步」，雖然他身上有巨大的抗毒免疫力，但他絲毫也不會藉此去損害殺傷別人，以此去爲自己的私欲乃至爲社會的罪惡蔓延作那種卑鄙下流的勾當，故他的性格中潛能的正常發揮，就在於非常獨特的、所學武功有時靈有時不靈，有時能發揮神威有時又什麼都不行；可以這麼說，當他的武功熠熠生輝時，是正義良善正在攻克和制止邪惡與陰謀，當他的武功瞬間消失不能自作主張去駕馭時，正是正義公德以及束修至行受到磨難和個體心靈鍾鍊與考驗之刻。故在任何時刻任何地方，他的武功絕不會恣意妄爲以至暴戾恣睢，他也不會賴此高技而作跅弛之士或行同狗彘之徒。而也正由此，便使他的性格既在日趨成熟，但同時也滲入了更爲複雜的因數。不過，即令是他在塞外生擒遼帝後班師回朝，也尚有不成熟的一面永留在身，那就是他由對王姑娘之癡愛而發展到不顧一切，而正是這不顧一切又使他顯得十分嫩稚，有時甚至還有點過分任性和荒唐，只要王姑娘意在他身，他便會興高采烈，精神颯爽。只要王姑娘移情他人或話語情感不與他吻合，他便又會消極悲觀甚至有出家或自殺之念，蛻變爲一個不成器的情癡之徒。可見，他性格的另一面是始終在濁世與出世之間徘徊，心靈永遠在個人私情之中躁動，致使在矛盾之中一時間無法產生足夠的超越精神，此點若與蕭峯相比，那就眞有天壤之別了。

人有其二重性，人與人之間存在著差別，這是因爲人都具有作爲個性的人的情境，都是他內在的矛盾個性（二律背反）的存在。更重要的是，作爲個性的人，都是以他自己的方式去「闖蕩世界」，去面對和解決社會、生活諸多方面的問題，爲此，人也是「各具特色」的。就以段譽而論，開口閉口離不開「易經」，脫口而出的是「卦象」、「繫辭」、「明夷」、「未濟」等，這無疑是《天龍八部》眾多人物中一道獨特的風景線。

個性的特徵也即是心理的特徵，且看《易經》對他的人格心理結構的影響。《說卦傳》第一章云：「昔者聖人之作易也，幽贊於神明而生蓍，參天兩地而倚數。觀變於陰陽而立卦，發揮於剛柔而生爻，和順於道德而理於義，窮理盡性以至於命。」參天：天一，天三，天五，合而為九。九，通常解為「陽數」之代稱，「天為陽，陽數奇」，然我以為，對段譽而言，此九乃是一種人生指導。九者，九洲天地也，廣遊四海為九，久走四方為九，它恰和末一句「以至於命」相對應。命者，天命；命者，個命，段譽之命。天命之九指導段譽個命之九，是頗為相通的，所以，段譽不學武功偷跑出皇宮，在雲遊四方之時偏又學了武功（天命），並於這武功之中受盡酸甜苦辣，歷盡人間顛簸曲折之險，又以武功之中結友為義，以武功之力助仁義之師，是《易》也。另外，段譽一生信奉的做人準則。於《易》中昭然若出：「和順於道德而理於義，窮理盡性以至於命。」事理與德性，求索與善性，是「兩地」，兩地：地二地四，合而為六，是為陰，陰數。段譽與鍾靈、木婉清、王語嫣三個女性（陰）之遇，可以數對之：段譽一加鍾靈一等於二；段譽一加木婉清一等於二；段譽一加王語嫣一等於二。而二加二加二恰恰也等於六。再以另一數佐證之：段譽爲一，三個姑娘均是三人之合，故以三代之，一加三（鍾靈），一加三（木婉清），一加三（王語嫣），每組都是「地四」，三組相加：四加四加四便等於十二，以十二這個數除以「地二」的二，恰恰又爲六！前一個六與後一個六之相對出現並非偶然，因爲除以二既是《易經》所云「兩地」、「地二」之意，也是常人所理解男女爲二。合二爲一之理。可見段譽在爲人處事中表現出來的德性，在雲遊四海求索人生眞理時表現出來的善的意念與言行，實既非孤立、無有根據的，而是早有《易經》的早天訓育，又在於己之陽參於三個姑娘的陰中，於「參天兩地」之中合情合理地表現出來，並又在這「參天兩地」之中慢慢顯露他獨特的性格。

次看「明夷」，《易經》云：「明夷☷利艱貞。」這是說在光明被傷（夷）之時，是利於在艱難之中守著正道的。又云：「象曰：明入地中，明夷，君子以莅眾，用晦而明。」這是說當光明入於地中，有知識或有地位的人（君子）如過問政治或親自去處理政事、管理人民大眾時，必須要用和藹可親、平易近人的方法，內隱藏著（勿外露）自己的聰明智慧和計謀策略，在實踐中施行，並要做到心中有數。如此行，則成大功立大業之時，光明就會由內向外閃耀了。此韜晦之略，段譽雖年輕但已有所諳數，故其既可當著蕭峯的面爲風波惡吸毒，也可受命於情敵慕容復去西夏攔阻假段譽，更可爲武林各派「莅眾」周旋施仁，以理示人。當然，無論是「六脈神劍」還是「凌波微步」，也皆在此基礎上而呈現時靈時不靈之反常現象，只不過因他「心中無數」而呈之於呆相而已。但亦正是「心中有數」，才使他不因掌握如此高深的武功而成爲神，而是實實在在地成爲黑格爾所說的「這一個」段譽。

再看「未濟」。《易經》云：「未濟☲☵（坎下離下），亨，小狐汔濟，濡其尾，無攸利。」這是說，一個人在做的事，沒有完成，但終會完成產生利益，所以是亨通的。猶如一隻小狐狸幾乎已經渡過了河，接近了對岸，但由於在渡河時還是弄濕了它的尾巴，得不償失，故無所利可言。又云：「未濟，征凶，利涉大川。象曰：未濟征凶，位不當也。」這是說當一個人做事未達通順之際，如欲強行必有風（凶）險。不過若能冒險出擊，以險制險，則又可能找到通達之路。未濟對於段譽來說，我以爲更重要的是荀爽解釋「未濟」所說：「未落者，未成也，女在外，男在內，婚姻未成，征上從四，則凶。利下從坎，故利涉大川矣。」段譽者，在內，一事未成也，婚姻也無從談起。如依皇宮旨意、封建舊法，則是「征上從四」，坎、離之間上下都有橫亙斷其路，如火竄上，則凶也。而若坎在先，以水防火，以坎疏離，再以水下行，其無亙而流之順暢，如此說，段譽離家出走，走遍名山大川是利也。如此說，也足可以證明作者「金大俠」在刻劃段譽這個人物的形象上是花了良苦用心的，給他滲入大量的中華傳統文化，也更符合他的言行與故事情節安排上的邏輯性。這是段譽在《天龍八部》中的獨一無二，也是在中國武俠小說中的獨一無二。由此獨一無二，便成了段譽先天特性與後天氣質相區別，又具有後天特性的那種「釋儒」性格。

在分析段譽性格由《易經》對他產生影響的同時，我們更應注意到學術界一些早已研究過的科學成果，其中王振復先生在《周易的美學智慧》一書中提出的觀點應引起我們的借鑑和重視，他在該書第十一章中提出「太極是《周易》美學智慧的終結」一說。他說：「著者在思考與寫作拙著過程中曾經爲一個問題所困擾，即《周易》美學智慧的邏輯原點究竟是什麼？是象數、氣、陰陽還是其他？看來都不是。因爲凡是邏輯原點都是形而上的，既原樸簡單又豐富複雜，它應該能夠涵蓋整個智慧體系，是後範疇、設境界與基本內核。儘管諸如象數、氣、陰陽之類範疇具有一定的形而上的屬性，比如有人認爲《周易》的『象』是中華文化的一種『基因』；『氣』是有類於今天所謂『物質存在』的一個範疇；『陰陽』似乎是中國古代哲學思考的中心，然而在著者看來，它們同時兼備或遺留著一些形而下的特徵，還不是那一些抽離了一切具象特徵、純粹而又純粹的邏輯範疇。比如在『象數』這一範疇中，其中所指卦爻符號具有半抽象半具象的性質；『象』在《周易》中的基本意義指人體生命的原始物質『精象』，然後才在哲學與美學意義上被引申爲一種充塞於宇宙的連續性物質、場、感應、運動與時間；『陰陽』，被看作是一切事物的兩相對應對待、互立互補、互動互轉的屬性，然而『陰陽』又具體指男女，其原始意義指與山形相連的日光的向背。由此可見，這些重要範疇，其實都不是《周易》美學智慧的邏輯原點。我們雖然在本書第三章曾將『象』作爲《周易》智慧的文化哲學基礎來加以論證，卻不能將文化哲學基礎等同於邏輯原點，前者僅指《周易》美學智慧的邏輯出發點，後者不僅包括其邏輯出發點，而且在一以貫之的邏輯意義上，揭示出整個《周易》美學智慧體系的基本思維框架、內在精神氣質和一種卓越的思辨力量。有了這一邏輯原點，整個《周易》美學智慧體系就顯得通體空靈，圓融無礙。

「這一邏輯原點不是別的，就是『太極』。

「因為『太極』是《周易》美學智慧的邏輯原點，因而也便是這一美學智慧精神現象學的終結。《周易》所崇尚的美，一言以蔽之，是太極之美。」

眞是無獨有偶，筆者在一九九二年去杭州參加浙江省美學年會的時候，楊成寅先生亦在會上宣讀他新的論文，其主旨亦在於：中國美學的最終歸結是太極之美！

且看宋代道學中流傳最廣、影響最大、其威力也最為「神通」的「著名隱士」陣摶所傳留下來的太極圖：

胡渭在《周易明辨》中解釋此圖：「其環中爲太極，兩邊黑白回互，白爲陽，黑爲陰。……陰盛於北，而陽起而薄之……陽盛於南，而陰來迎之。」那麼太極到底又是什麼呢？蔡清在《周易蒙引》中說：「極字所從來，本是指屋極，故極字從木。今以理之至極而藉此以名之……太字是大字加一點，蓋以此理，至廣至大，至精至微，至中至正。一極字猶未足以盡之，故加太字於極之上則至矣，盡矣，不可復加矣。」

從字義上說，確乎已沒有比這更爲合理的解釋了，但作爲人，在他的不同時代、不同場境中的活動，他必然會對太極有不同的理解，如立足於具體的人和具體的實踐活動，我以爲「太極」更應是人的力所及，思所及之極限。「太」，大爲人之盡力之象，下加一點，系生系出，生生不息，出之不盡，以人喻力，以力喻人。故極限於太冠於前，又升變爲無極、無限之意。極字從木，則木從草生也，草之叢生，季有衰茂；然生生不息，無以滅絕，此謂「野火燒不盡，春風吹又生」之人間圖像也。所以太極圖雖由密圓所框定，但由於卦（解）爻之作，後人的智慧與人類的繁衍也就成了一種比例，有時正，有時負，擇勢而定。然以人之審美智慧，又會使此圖於無限變化中產生新的內容，從而再來顯示它美的本體。因此，太極的智慧才是無限的，美的。論辨闡釋（卦、爻）太極的人的智慧是無限的，美的。段譽正是在自覺和不自覺中循此規律，以太極爲他的生活（釋儒）場，以《周易》中具體的六十四卦的「明夷」、「未濟」等爲實際運動的具體指南（準則、依憑），在理性地把握著他的感性生活。

但也正如德裔美籍思想家埃利希・弗洛姆（F. Fromm）所說的，「理性，是人的福分，也是人的禍根；理性迫使人永無止境地設法克服那不可解決的矛盾。

……這種人性的分裂，導致了我稱之為存在的矛盾，因為，這種矛盾植根於人的眞實存在中；它們是人所無法廢除的矛盾，但人能以不同的方式抵制這些矛盾，這與人的性格和文化修養有關。最基本的存在之矛盾是生與死。對人來說，我們一定會死，這是不可改變的事實。人意識到這一事實，而且這種意識深深地影響著他的生活。但是，死是生的眞正對立面，而且，它是與生的體驗無關的，並與生的體驗不相容的。」

理性與現實的矛盾，生與死的磨難與考驗，賦予了段譽「釋儒」人生的曲折、苦難、光輝和活力，並在此其中發展自己的性格，給予自己的人生以意義。

段譽是孤獨的，因為他的獨特無法讓庸人理解；段譽是孤獨的，因為他只能依靠自己的理性和力量去為自己的人生追求做出努力。然而段譽又並非眞正的孤獨，他不能沒有蕭峯、虛竹這樣的朋友，他也不能沒有鍾靈、木婉清這樣的異性朋友（妹妹），他的人生旅程，他的理想追求，與這些親密夥伴是分不開的。他更不能沒有王語嫣，儘管在王姑娘面前他受盡了委屈，也出盡了洋相，但枯井之中王姑娘的幡然醒悟，無疑為段譽的終身幸福加上了穩定的籌碼，他的未來、他的幸福與她息息相關。

「人的命運就是他的性格。」（弗洛伊德）段譽的奇特個性，也正是他曲折奇險命運的眞實寫照。

段譽的人生哲學

感情篇

問世間情爲何物——

首當其衝的自然是愛情。

她是有意識的欲求，滲雜著富於幻想、滿盈殷切渴望、祈盼個人幸福的因素。她也是充滿著情感聯想，寄寓著美好希望。在她的奇妙調諧下，自然的本能與理性的愛撫、金錢的作用與情感的地位會那麼有機地、和順地結合起來，去開創一個新的明天。

所以她的出現連魔鬼也會徒感激動，對於她的期待，連盲人也會感受到明快清澈。

她同時把善和道德帶給予雙方，會讓妖孽向善，會叫海盜山寇心儀道德。爲了她，懶漢也會積極地承擔起義務，懦夫也能勇敢地做出自我犧牲。

美賦予她一種特殊的地位，男女雙方因她而成爲審美的主體和審美的客體，並隨著感情的流動，雙方又在不定地變換著審美的位置。她會讓愚笨變得聰穎，會讓醜陋改變成美麗。

她又如一塊隱有魔法的磁鐵，能把不同皮膚、不同種族、不同語言、不同習性的男女黏吸在一起，並產生一種刀與火都不能將其分開截斷的凝聚力，以這種無形但又宛實偉大的威力，去支撐起家庭及整個社會。

她又是時代的象徵和歷史進步的聲音，由她滋生的男女親愛之情，會孕育、蓄發一種力量，這種力量左擁理想、右抱願望，緊緊地與時代的脈搏合拍跳動。

她也是一種選擇，以感情的外形和理性的外部條件爲標準，涉及人類學的人的遺傳生物特點（眼睛、臉形、體形、聲音、氣質等），涉及人所憑藉於生活的純社會評價（社會地位、物質條件、教育程度、道德水準、興趣理想等）。

「性慾」是她手中的魔杖，她在行使動物本能之時，巧妙地滲入了精神的興奮劑，並使這種超級享受爲世界上人類所獨有！

但也正由此，從此在人類史上展開了一場情與仇的戰鬥：有海倫娜的被拐，誘發了希臘與特洛伊的十年戰爭；有「奉詔討賊」的呂布殺董卓的父子戰爭；有爲愛不成而兄弟姊妹親生骨肉互相殘害的故事；有爲愛不成用毒計陰謀將對方囚禁施虐、死於非命的慘劇……

她又是一位美的使者，會令不知修飾的人對修飾倍感興趣，會令懂得修飾的人更加注重自己的打扮；而且這種修飾又並非單純的外在修飾、物質修飾，更是男女雙方內在的一種補充式的修飾。外在物質的修飾，是為了凸顯天性肉體中美的部分，而使其更加引人注目而煥發光彩，而這由內向外的凸顯，會更加增添外在修飾物的生氣和丰彩，可謂相得益彰，相互輝映。由此，還會自然滋生一種精神的——為了對方而恪守忠誠的「道德修飾」（瓦西列夫），彷彿無形的愛是一種甜蜜的約束，是一種溫柔的禁錮，情愛的雙方自然地會在心中默默簽訂盟約，並在家庭生活中遵循這個盟約而為它履行義務，以此永燃溫馨之家的燭光。

正因如此，人們便把愛情與自由、愛情與幸福連結在一起。瓦西列夫在《情愛論》中分析「自由」說：「魯賓斯坦指出，自由具體地表現在三個方面：一、作為個人的自我決定表現在他的種種行動中；二、作為不受社會強制的自由；三、作為『意識控制自己欲望』的特殊形式。表現為某種『個人主動性』的自由，是一個人為自己的思想和行動承擔風險的實際可能性，是他進行批評和檢驗的權利。這樣來描述自由就指出了它獨特的社會作用，同時也指出了它在歷史的進程中培養個性方面的重要意義。

自由和愛情始終是深深交織在一起的。這種相互依存的關係至少包括兩個各自獨立的方面，第一個方面反映了社會自由，首先是政治自由的水平同實現愛之間的直接聯繫。第二個方面屬於男女之間相互關係領域內的自由。第一個方面涉及外部條件，第二個方面是涉及內部條件。顯然，客觀的具體歷史環境佔有優先地位。」

段譽與王語嫣之愛情的自由，首先就在於所處時代是一個文化昌盛、科技發達的時代，吳江先生近日在《文彙讀書周報》上撰文說：「但終趙宋之世，無女禍，無宦官弄權，無兵變，亦無文字獄（有冤獄而未殺大臣——指文臣），這是宋一代勝過其他朝代的地方。」此乃政治的自由導致一定程度的社會自由，而為段譽與王姑娘創造了愛情可能實現的外部條件。至於內部的自由，還在於段、王雙方起先雖無愛情，但無有「男女授受不親」之阻礙，較能順利地相處一起，彼此可以說話聊天。後來雖然段譽一廂情願，王語嫣鍾情慕容復而對段譽冷若冰霜，但又並不把雙方都拒之千里之外，通過行動、誤會、挫折、互救、厄運、相知這麼一個曲折奇詭的過程，愛的利箭終於射破了誤會的隔膜，此種「男女領域內相互關係的自由」星火，最後終於燃起了愛情鮮紅濃烈的火焰。於此，「自由」在段、王之間就有了對社會的獨特作用——就消解尊貴與卑賤（段譽是王子，王語嫣僅是一民女）、消解民族矛盾和增強民族團結（段譽爲白族，王語嫣爲漢族）、促進文化交流（當時宋朝爲防止蠻夷的不斷騷擾和侵犯，曾以大渡河爲天塹互不往來），其社會作用便不可低估。再就個人而論，「自由」的寬容度也提高了段譽對人生與愛情眞正的價值之識，同時也校正了王語嫣對親情與愛情的不正確觀念，又讓雙方共同在這「自由」的流動中鍛鍊了個性和剛強堅韌之精神。

愛情竟會有此神奇魅力與碩大社會價值？答曰：是的！

所以，但丁會熱情洋溢地寫道：愛情是與陽光同在的上天光輝，它照亮了人的理性。

所以，彼特拉克在《歌集》裡說：眞正的愛情是一股神秘的力量，它使人上升到光明的頂峰。

所以，盧梭認爲，愛情給人們注入了新的力量，愛情創造了英雄。

所以，傅立葉論證道：愛情在和諧的制度下，則成爲創造收入和生產奇蹟的源泉。

所以，梵谷寫下了這麼一句格言：會愛的人才會生活，會生活的人才會工作。

所以，莎士比亞以喜劇《愛的徒勞》證明：愛情使每一個器官發揮出雙倍的效能——它使眼睛增加一重明亮，戀人眼中的光芒可以使猛鷹炫目；戀人的耳朵聽得出最細微的聲音，任何鬼祟的奸謀都逃不過他的知覺；戀人的感覺比帶殼蝸牛的觸角還要微妙靈敏；戀人的舌頭使善於辨味的巴克斯（希臘神話中的酒神）顯得遲鈍；……愛情像斯勞克斯一般狡猾；像那以阿波羅的金髮爲弦的天琴一般和諧悅耳；當愛情發言的時候，就像諸神的合唱，使整個的天界陶醉於仙樂之中。

所以，巴爾扎克在《高老頭》中描繪道：愛情給淒楚的眼睛注入生命，給蒼白的面頰抹上紅潤。

所以，傑克・倫敦會這麼激動地說：我有時覺得，一個男子的歷史就是他對一個女子的戀愛史。

凡此種種，均在瓦亞列夫的《愛情論》中火熱地記載著。也正由此種種，愛情與幸福似乎就成了對等的同義詞：有了愛情就有了幸福，沒有愛情當然也就沒有幸福，彷彿幸福天生是爲愛情而來的。也由此，中國的蕭統、柳永、李清照、李商隱、李煜、陸游、關漢卿、曹雪芹、徐志摩、戴望舒、郁達夫、巴金、丁玲等，以及外國上述提及的著名作家和藝術大師，都因愛情而創作了永垂史冊的不朽名篇和名作，並爲能創作出這些歌頌愛情與幸福的作品，而感到自己自由創作的幸福。

而段譽爲我們留下的，則是既令人拍案叫絕、自嘆不如，又會讓人感覺奇特、好笑的愛情故事。其中，以與王語嫣的愛情故事最爲曲折和典型。

在《天龍八部》裡，自第二冊開始段譽與王語嫣的「情遇」，一共有九次：

一、由聲入情，初識樹叢還撞頭；

二、又是柔聲，大石邊再遇傾國傾城的「神仙姊姊」；

三、謀畫「逃局」，三次相見有情緣；

四、義結蕭峯，杏林有情四相見；
五、奕道奇險，飛松肉引出五相遇；
六、負背馱鳳，獨闖重圍六相見；
七、羅漢大陣，少林反剿七救險；
八、懸崖懸命，虛竹救險巧八相遇；
九、死裡相逢，幡然醒悟九吐眞情。

讓我們再來看看，這九次情遇中，段譽與王語嫣雙方情感的發展又是怎樣的。

且看第一次的「幽會」：

便在此時，只聽得一個女子的聲音輕輕一聲嘆息。

霎時之間，段譽不由得全身一震，一顆心怦怦跳動，心想：「這一聲嘆息如此好聽，世上怎能有這樣的聲音？」只聽得那聲音輕輕問道：「他這次出門，是到那裡去了？」段譽聽得一聲嘆息，已然心神震動，待聽到這兩句話，更是全身熱血如沸，心中又酸又苦，說不出的羨慕和妒忌……一時想得出神，腦袋突然在一根樹枝上一撞，禁不住「啊」的一聲，急忙掩口，已是不及。

那女子問道：「是誰？」

段譽知道飾掩不住，便即咳嗽一聲，在樹叢後說道：「在下段譽，觀賞貴莊玉茗，擅闖至此，伏乞恕罪。」

……

段譽自從聽了那女子的一聲嘆息之後，此後越聽越著迷，聽得他便要離去，這一去之後，只怕從此不能再見，那實是畢生的憾事，拚著受人責怪冒昧，務當見她一面，當下鼓起勇氣說道：「阿碧姊姊，你在這裡陪我，成不成？」說著從樹叢後跨步出來。

那女子聽得他走出來，驚噫一聲，背轉了身子。

段譽一轉過樹叢，只見一個身穿藕色紗衫的女郎，臉朝著花樹，身形苗條，長髮披向背心，用一根銀色絲帶輕輕挽住。段譽望著她的背影，只覺這女郎身旁似有煙霞輕籠，當真非塵世中人，便深深一揖，說道：「在下段譽，拜見姑娘。」

那女子左足往地下一頓，嗔道：「阿朱、阿碧，都是你們鬧的，我不見外間不相干的男人。」說著便向前行，幾個轉折，身形在山茶花叢中冉冉隱沒。

次看第二次「幽會」：

他伸手溪中，洗淨了雙手泥污，架起了腳坐在大石上，對那株「眼兒媚」正面瞧瞧，側面望望，心下正自得意，忽聽得腳步細碎，有兩個女子走了過來。只聽得一人說道：「這裡最幽靜，沒人來……」

語音入耳，段譽心頭怦的一跳，分明是日間所見那身穿藕色紗衫的少女所說。段譽屏氣凝息，半點聲音也不敢出，心想：「她說過不見不相干的男子，我段譽自是個不相干的男子了。我只要聽她說幾句話，聽幾句她仙樂一般的聲音，也已是無窮之福，千萬不能讓她知道了。」他的頭本來是斜斜側著，這時竟然不敢回正，就讓腦袋這麼側著，生恐頭頸骨中發出一絲半毫輕響，驚動了她。

……

段譽更不敢怠慢，從大石後一閃而出，長揖到地，說道：「小生奉夫人之命，在此種植茶花，沖撞了小姐。」他雖深深作揖，眼睛卻是直視，深怕小姐說一句「我不見不相干的男子」，就此轉身而去，又錯過了見面的良機。

他一見到那位小姐，耳中「嗡」的一聲響，但覺眼前昏昏沉沉，雙膝一軟，不由自主跪倒在地，若不強自撐住，幾乎便要磕下頭去，口中卻終於叫出來：「神仙姊姊，我……我想得你好苦！弟子段譽拜見師父。」

眼前這少女的相貌，便和無量山石洞中的玉像全然的一般無異。那王夫人已然和玉像頗為相似了，畢竟年紀不同，容貌也不及玉像美艷，但眼前這少女除了服飾相異之外，臉型、眼睛、鼻子、嘴唇、耳朵、膚色、身材、手足，竟然沒一處不像，宛然便是那玉像復活。他在夢魂之中，已不知幾千幾百遍的思念那玉像，此刻眼前親見，真不知身在何處，是人間還是天上？

再看第三次「情遇」：

王語嫣眼中含淚，低頭走了出去，芳心無主，不知如何是好，走到西廂廊下，忽聽得一人低聲問道：「姑娘，怎麼了？」王語嫣抬頭一看，正是段譽，忙道：「你……你別跟我說話。」

……

段譽立即自告奮勇，道：「我陪你去，一路上有甚麼事，一切由我來應付就是。」……王語嫣急道：「那怎麼可以？……」左足一頓，道：「你跟我來。」

從只瞧得背影到左足在地下一頓，嗔道「我不見外間不相干的男人」，再到左足一頓說「你跟我來」，中間當然已經起了質的變化，那好，且讓我們再繼續往下瞧，這質變以後的六次相遇又是怎樣一副情景。

且看第四次相遇：

喬峯臉一沉，大踏步走進林去。段譽跟在後面，但見杏子林中兩起人相對而立，包三先生身後站著三個少女。段譽的目光一碰到其中一個女郎的臉，便再也移不開了。

那少女自然是王語嫣，她輕噫一聲，道：「你也來了？」段譽道：「我也來了。」就此癡癡的目不轉睛的凝視著她。王語嫣雙頰暈紅，轉開了頭，心想：「這人如此瞧我，好生無禮。」但她知道段譽十分傾慕自己的容貌，心下不自禁的暗有喜悅之意，倒也並不著惱。

且看第五次相遇：

但聽得笑聲清朗，一株松樹後轉了兩個人出來。段譽登時眼前一黑，耳中作響，嘴裡發苦，全身生熱。這人娉娉婷婷，緩步而來，正是他朝思暮想、無時或忘的王語嫣。

……

慕容復最後才和段譽相見，話道：「段兄，你好。」段譽神色慘然，搖頭道：「你才好了，我……我一點兒也不好。」王語嫣「啊」了一聲，道：「段公子，你也在這裡。」段譽道：「是，我……我……」

……

眼前漸漸模糊，棋局上的白子黑子似乎都化作了將官士卒，東一團人馬，西一塊陣營，你圍住我，我圍住你，互相糾纏不清地廝殺。慕容復眼睜睜見到，己方白旗白甲的兵馬被黑旗黑甲的敵圍住了，左衝右突，始終殺不出重圍，心中越來越是焦急：「我慕容氏天命已盡，一切枉費心機。我一生盡心竭力，終究化作一場春夢！時也命也，夫復何言？」突然間大叫一聲，拔劍便往頸中刎去。

……段譽食指點出，叫道：「不可如此！」只聽得「嗤」的一聲，慕容復手中長劍一晃，噹的一聲，掉在地下。

鳩摩智笑道：「段公子，好一招六脈神劍！」

……慕容復茫然道：「我怎麼了？」王語嫣道：「幸虧段公子打落了你手中長劍，否則……否則……」

且看第六次相遇：

……眼見兩個女子抓住王語嫣的手臂，從樹上躍了下來。一個頭帶金環的長髮頭陀手挺戒刀，橫架在王語嫣頸前，叫道：「慕容小子，你若不投降，我可要將你相好的砍了！」

……

猛聽得山腰裡一人叫道：「使不得，千萬不可傷了王姑娘，我向你投降便是。」一個灰影如飛趕到，腳下輕靈之極。……

只聽他叫道：「要投降還不容易？為了王姑娘，你要我投降一千次、一萬次也成。」奔到那頭陀面前，叫道：「喂，喂，大家快放手，捉住王姑娘幹什麼？」

王語嫣知他武功若有若無，無時多，有時少，卻這般不顧性命的前來相救，心下感激，顫聲道：「段……段公子，是你？」段譽喜道：「是我，是我！」

且看第七次相遇：

段譽東一竄、西一幌，衝入人叢，奔到王語嫣身旁，說道：「王姑娘，待會倘若情勢凶險，我再負你出去。」

王語嫣臉上一紅，道：「我既沒受傷，又不是給人點中穴道，我……我自己會走……」

……

「……還有，我的徒弟也來了，真是熱鬧得緊。」王語嫣知道他的徒弟便是「南海鱷神」，但他為甚麼會收了這天下第三惡人「兇神惡煞」為徒，卻從來沒問過，想起南海鱷神的怪模怪樣，嘴角邊不禁露出笑意。段譽見引得她微笑，心中大喜，此刻雖身處星宿派的重圍之中，但得王語嫣與之溫言說笑，天大的事也都置之度外。

且看第八次相遇：

……對面懸崖之旁，出現一片驚心動魄的情景：一大塊懸崖突出於深谷之上，崖上生著一株孤零零的松樹，形狀古拙。松樹上的一根枝幹臨空伸出，有人以一根桿棒搭在枝幹上，這人一身青袍，正是段延慶。他左手抓住桿棒，右手抓住另一根桿棒，那根桿棒的盡端也有人抓著，卻是南海鱷神。南海鱷神的另一隻手抓住了一人的長髮，乃是窮兇極惡雲中鶴。雲中鶴雙手分別握著一個少女的兩隻手腕。四人宛如結成一條長繩，臨空飄盪，著實兇險，不論那一個人失手，下面的人立即墮入底下數十丈的深谷。谷中萬石森森，猶如一把把刀劍般向上聳立，有人墮了下去，決難活命，其時一陣風吹來，將南海鱷神、雲中鶴和那少女三人都吹得轉了半個圈子。這少女本來背向眾人，這時轉過身來，段譽大聲叫「啊喲」，險些從馬上掉將下來。

那少女正是他朝思暮想、無時或忘的王語嫣。……將到松樹之前，只見一個頭大身矮的胖子手執大斧，正在砍那松樹。

……

虛竹飛身躍上松樹的枝幹，只見段延慶的鋼杖深深嵌在樹枝之中。全憑一股內力黏勁，掛住了下面四人，內力之深厚，實是非同小可。虛竹伸左手抓住鋼杖，提將上來。……最後才拉起王語嫣。她雙目緊閉，呼吸微弱，已然暈去。段譽先是大為欣慰，跟著便心下憐惜……

……

王語嫣冰雪聰明，段譽對她一片深情，豈有領會不到的？心想他對自己如此癡心，怎會甘願去娶一個素不相識的女子？他爲了自己而去做大違本意之事，卻毫不居功，不由得更是感激，伸出手來，握住了段譽的手，說道：「段公子，我……我……今生今世，難以相報，但願來生……」說到這裡，喉頭哽咽，再也說不下去了。」

且看最後一次的情遇：

突然間他懷中那人柔聲道：「段公子，我真是糊塗透頂，你一直待我這麼好，我……我卻……」段譽驚得呆了，問道：「你是王姑娘？」王語嫣道：「是啊！」

……

王語嫣伸臂摟著他的脖子，在他耳邊低聲說道：「段郎，只須你不嫌我，不惱我昔日對你的冷漠無情，我願終身跟隨著你，再……再也不離開你了。」

不厭繁複地這樣摘錄段譽與王語嫣的九次相遇，並非是意在冗長，實因兩人每一次的相遇都那麼地激動人心，扣人心弦。每一次的相逢，又多多少少生出曲折奇險，且兩人的理解進展與情愛之火，也就在這「曲」、「險」之中進步和升騰，它彷佛是一部中國的《少年維特的煩惱》，把他的那種傾生命之汁點燃起愛的火焰的眞摯情感，以行板的複調的形式，向我們娓娓道來，淒婉處令人傷神，愉悅處催人騷動，讀者與它，只有情感的眞切纏綿，無有感覺半點倦累，現在且讓我們來把這九次相遇再作一次理論上的分析。

從圖列中我們可以看到，這九次相遇的事態發展深入線，與九次相遇的感情發展上升線，恰恰構成了一個V字，它由入而深，又由深而升，喻示了段譽尋覓知音與感情投入的巨大代價和精神，同時也喻證了王語嫣感情變化由單純、愚頑到理性復升的一個正義與感情上揚的過程。箇中的艱難、繁雜、奇險與玄妙，正如一首歌中唱道：

感謝天，感謝地，感謝命運讓我們相遇；

自從有了你，
生命裡都是奇蹟，
多少痛苦多少歡笑，
交織著一片燦爛的回憶。

感謝風，感謝雨，感謝陽光；
照耀著大地。
自從有了你，
世界變得好美麗，
一起漂泊一起流浪，
歲月裡都是醉人的甜蜜。

海可枯、石可爛、天可崩、地可裂
我和你肩並著肩，手牽著手……

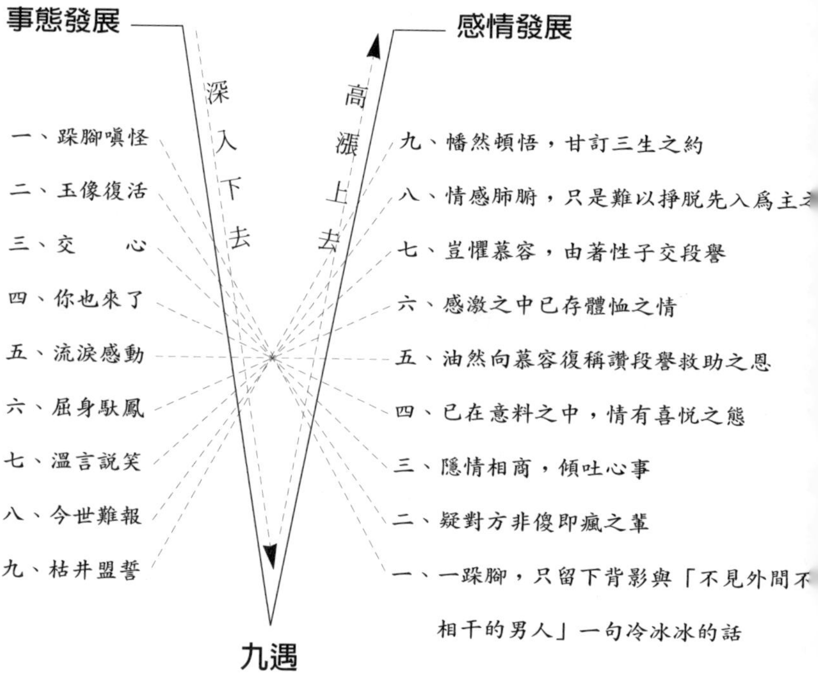
事態發展
感情發展
深入下去
高漲上去
一、跺腳嗔怪
二、玉像復活
三、交　　心
四、你也來了
五、流淚感動
六、屈身馱鳳
七、溫言説笑
八、今世難報
九、枯井盟誓
九、幡然頓悟，甘訂三生之約
八、情感肺腑，只是難以掙脫先入爲主
七、豈懼慕容，由著性子交段譽
六、感激之中已存體恤之情
五、油然向慕容復稱讚段譽救助之恩
四、已在意料之中，情有喜悅之態
三、隱情相商，傾吐心事
二、疑對方非傻即瘋之輩
一、一跺腳，只留下背影與「不見外間
相干的男人」一句冷冰冰的話
九遇

當然，「多少痛苦，多少歡笑，交織著一片『燦爛』的記憶」，是應該改爲「揪心」的記憶；而「歲月裡都是醉人的甜蜜」，根據段譽與王語嫣的「一起漂泊流浪」，自然是歲月裡都布滿了「刺人的尖篾」。爲何？因爲佛云：有求皆苦！段譽追求王語嫣，難道不就是這樣嗎？好在所謂九次相遇與九次情感之波瀾，恰是一個乾卦，九爲乾，乾爲陽，陽必普照大地，光必耀亮陰霾，段譽追求王語嫣的最終成功，似乎也有冥冥之中吉數相助，神靈扶祐。

許多人類行爲的可變性範圍是如此之大，以致我們很難知道其極限實際存在在哪裡。爲什麼不可能的事會變成事實，不理解的言行卻又偏偏會發生。此中千差萬別、千變萬化，是需要我們用耐心、細心加科學分析才能摸準其脈絡的。也正是這種千差萬別、千變萬化，才會產生我們眼前這個五彩繽紛的世界，才會有所謂形形色色的人，而人類的生命力與生存的希望，也會在箇中見出。

正因爲在「箇中見出」，所以我們還須分析段譽於王語嫣情感的經歷和容易被我們忽視、或是潛在他的那種癡情之下的另一種情感，這樣，也許可以對段譽的情感世界，有個全面、完整和清晰的了解。

先看他與王姑娘的情感經歷。

我們可以把這「經歷」大致分爲三個階段，第一階段是段譽在蘇州王夫人曼陀山莊無意中撞見了天仙似的姑娘王語嫣，由一聲輕輕的嘆息而震動了他的心弦，由一個藕色背影而撩撥起了無窮的相思，又由一個照面而驚駭不已，立時跪拜，口稱神仙姊姊，而眼前昏沉，六神無主。一聽聲音便頓生相愛之情（並非純音樂表現），一個相視便魂飄神走，這是一種典型的「顯性鍾情」之戀。自然也是一廂情願的「初級階段」。

第二階段擬可從他追蹤窺聽王語嫣的心思開始，於花園中首次搭訕交談，到陪伴她一路上去尋找表哥，歷經艱險，三次捨命相救。此間「顯性的鍾情」已嬗變爲「癡情之戀」，無論王語嫣多次閃避也好，明顯在他面前表現出對表哥的親愛也罷，段譽就是癡得九牛拉不回來——認準了方向，一條道上固執地走下去。

瓦西列夫曾說過，愛情在每個人身上的表現都是完整的，同時又是獨一無二的，那麼，在這一、二階段中，我們見到段譽之愛的完整性表現又在哪裡呢？

他是以癡情補完整，以奇險相救補完整，建構起他段譽的「文明的奇蹟」

(司丹達爾把愛情稱作文明的奇蹟)。段譽對王姑娘的「癡情之戀」，是通過他愛情內在的奇特表現去印證出社會環境對愛情的態度：私心的慕容復寧爲名利而甘願忍心讓深愛他的王語嫣受苦受辱，甚至被人殺掉；也正是這卑鄙的小人慕容復，爲情仇幾次欲殺癡情而又那麼寬容的段譽；王夫人爲愛不成，只要是大理人她就要殺；馬夫人康敏爲愛之恨設計了一場殺戮百千生靈的毒計；游坦之爲愛愚笨地跳懸崖；阿紫爲愛挖出眼珠歸還游坦之；蕭峯爲愛而誤傷了所愛之人；刀白鳳、秦紅棉、甘寶寶爲愛而吵鬧……這一系列愛的「西洋鏡」，進一步證實了段譽由愛情舞臺上的表現，演繹著他愛情品格的自然流露：倔強，執著，癡迷，眞誠，善良。

這兩個階段的愛的表現，很容易使我們憶起大詩人徐志摩來。如胡適之先生所言：徐志摩一生都在求愛、求美、求自由。也正如吳世昌先生所說的，志摩的爲人有一個特點，是許多大詩人所沒有的，那就是他胸襟的寬大和氣量的寬宏。他不知道字典中有「恨」這個字。他不知道「恨」是人間什麼一回事。你如何挖苦他、譏諷他、嘲笑他，他只有苦悶、自怨，卻從來不恨人，不怨人。當初徐志摩對林徽音一見鍾情，雖說已和張幼儀結了婚並已生子，但他是第一次感到強而神奇的愛，而林徽音雖然也崇尚浪漫情感，但對徐志摩的熱烈、大膽的愛，她總是設法迴避，有時「每諷我以神經適分之詞來相頌」（徐志摩）。段譽也正是這樣的人和有類似於這樣的經歷，他自從在大理離家出走後，一生都在求愛求美求自由，儘管他曾有過多次的被擒、被辱和被殺的遭遇，但總是以正義、眞誠與道理去與「敵人」理論，從不知道報復殺人，即使學會了凌波微步和六脈神劍，也都是爲救友、救心愛之人所用，就連陰險小人慕容復作爲他的情敵，幾次欲將他置於死地，他在與他的武鬥中仍然手下留情，聽到王語嫣的代爲求饒便會不知所措，變勝爲敗，差點連自己的性命也賠了上去。可到頭來王語嫣要爲情自殺的，爲的不是他段譽，卻依然是慕容復！到了這種地步，他段譽也不轉愛爲恨，由恨生殺心，反到在苦悶與自怨中高姿態地割愛，以犧牲自己之愛去成全王語嫣愛慕容復的婚姻。如托爾斯泰曾說過，世界上的幸福是相似的，只有不幸才各有不同，那麼，不幸中良善正直之人的品性應該也是相同的，正若志摩與段譽，否則，不幸與痛苦就不會這麼大和深地刺戳著他們的心靈。

那麼，爲什麼段譽會如此地鍾愛王姑娘呢？這要從段譽對王姑娘之愛的本質上去追問，也許簡單的結論會說，這是段譽對王姑娘美的外形與內在高素質的一種傾慕，或者說是段譽在王姑娘身上發現了人類美的最集中的閃光點等等，但這樣的說法一是太抽象，二也太顯浮泛。愛情是崇高和偉大的，但愛情的具體卻又是平凡、塵世和實際的。段譽對王語嫣是「一聽鍾情」，然這卻是包含著段譽平日的文化素養，如他所說，是父親每日讓他讀《四書》、《五經》和許多高雅的文化書籍所致。二是他在無量山玉壁中所見之玉像以及後來的奇妙事情，已深深潛入了他的心靈，就好似已爲他伏下了「愛的等待」，一俟親見「神仙姊姊」，他便自然要耳鳴眼花、站立不穩又語無論次了。而這一切的最終動力，均來自連他自己也一時不能察覺的「愛的等待」之中，此其一。其二是自由。亦如瓦西列夫所言，眞正的愛情是摒棄理智的。它完全是一種自由加特殊的內容，是眞摯情感自然流露之中的一種自由選擇。段譽見王語嫣，她只給他頓了二次左腳的見面禮，但段譽卻是情不能自禁，又魂不守舍起來，到後來知道她愛的是慕容復，爲了能和她在一起，他甘願陪她去尋他的情敵，只求兩個人在一起（封建時代的兩個人在一起，與當今開放時代的兩個人在一起是多麼地不同）。爲了救她（慕容復就在她身邊），他可以幾次拿生命作抵押去闖入刀光劍影的血腥兇殺之中，這前者的自然與自由情感與後者的瘋狂而眞摯的情感，正說明愛的本質不在於崇高的精神指向或清醒選擇，而在於人的本能之上、理性之下的那種自然、誠摯、眞誠、迷狂的感情之中。

正若前面所論及的，段譽祈求的愛的完整，是在以癡情補完整，以奇險相救補完整，故雖然他有與徐志摩相類似的地方，但又自是一種獨立的愛的形態，是一種段譽式的獨一無二。

第三個階段是兩人已有了多次推心置腹的交談，生死相依的磨難和肌膚相親（背馱）的經歷，王語嫣已知他段譽之癡情、眞情，而段譽也了解了王姑娘「今生不能相報，只有來世」這樣的眞情、隱情，爲解脫王姑娘心靈上罩住的那張痛苦的網，他毅然決定割愛——去討一個自己不願相親相愛的女子，而斷了慕容復西夏招親的後路，來成全王姑娘嫁給慕容復的夙願。「讓自己走開」——這已經由「癡情之戀」上升到「摯情之愛」的最高級階段，在這裡不是簡單的願意爲對象忍受一切，願意爲對象獻出一切，甚至奉獻自己的生命而已，在這裡是一種眞正的心心相印，生命交通，能從愛的迷濛中跳出來（因爲我們知道，有一句大眾都會普遍承認的話：愛永遠是自私的），去爲對方著想，去讓自己的愛作爲對方內心眞正欲求的基石，而不作功利之勞，以對方靈魂深處的眞快樂、眞幸福來塡補自己所愛所求前面的一段空白。這是眞正地、深層次地懂得了愛的表現，爲愛之人的愛而割愛，它把單純的情感之愛上升到理性信仰的水準，在愛的昇華裡，我們彷彿看到了一個基督徒虔誠地跪拜在上帝面前說：我信！愛即爲信，信就一切聽憑她（王語嫣）的自由意志，信就絕不能對她有絲毫的情感羈絆，愛與信在此升騰起一種殉道的宗教般的異彩，神秘地解脫了愛中私慾的鎖鏈。我們的審美主體段譽，在愛的仲介裡，由審美客體（王姑娘）的自由心願中獲得了高度的自由和美感，「願一切信他的，不致滅亡，反得永生」（聖經）。段譽終於在信中掙脫了愛的折磨、愛的苦難、愛的困擾和愛的迷惑，讓眼見所愛移情別人而屢屢「不如死了吧」之類的輕生自卑之念，得到了淨化，在淨化中獲得了眞正的自由和美感。當一個人眞正不再爲情所困、爲私慾所煩惱時，他才眞正的自由。因此，他也就得到了永生。

明晰了段譽與王語嫣的情愛經歷，我們是否該說聲「南山放馬」了呢？否也，爲何？因爲在段譽的情感世界裡，尙潛在著一種輕易不爲讀者所察覺，或者說往往被他的那種癡狂之情所迷惑而不易透視的另一種情感。

且看以下幾樁典型事例：

段譽全心所注。本來只是王語嫣一人，但他目光向王語嫣看去之時，見她在留神傾聽烏老大說些甚麼，便也因她之聽而聽，只聽得幾句，忍不住雙掌一拍，說道：「豈有此理？豈有此理？這天山童姥到底是神是仙？是妖是怪？如此橫行霸道，那不是欺人太甚麼？」

這情形，我們自然會想起剛才慕容復向段譽介紹烏老大和桑洞主時，段譽還是一心只想著王姑娘爲何不叫站在她身邊的自己扶，而去叫表哥扶，是一副「雙眼無神，望著空處，對慕容復的引見聽而不聞」的神態。並對烏老大說：「我自己的煩惱多得不得了，推不開，解不了。怎有心緒去理會旁人閒事？」但就是這個知我者謂我心憂，不知我者謂我何求？江湖上的雞蟲得失，我段譽哪會放在心上，但才隔一會兒，便義憤塡膺，嚴辭譴責天山童姥的蠻暴橫霸；應該說，正義之心、是非之辨他段譽尚不因這癡而被蒙蔽、被泯滅。繼而，又聽得一老者、黑大漢、僧人對天山童姥的血淚控訴，段譽更是怒不可遏，大叫：「反了，反了！天下竟有如此陰險狠惡的人物。烏老大，段譽決意相助，大夥兒齊心合力，替武林中除去這個大害。」未及看得王語嫣的表情，更未徵得王語嫣的同意，其慷慨激昂與眞心投入的表態，實是愛所不能遮蔽或控制的。

當安洞主透露天山童姥生病，出外採藥去時，眾人歡呼喝采，一派興高采烈之貌，獨有剛才還在譴責天山童姥，並立誓要和烏老大等「替武林中除去這個大害」的段譽，會在眾聲歡呼雀躍之時，搖搖頭說：「聞病則喜，幸災樂禍！」並即陳述出自己有違眾望的獨特見解：「先前聽說天山童姥強兇霸道，欺凌各位，在下心中不忿，決意上縹緲峰去跟這位老夫人理論理論。但她既然生病，乘人之危，群子所不取。」仁義之心，良善之德，於此可窺一斑。

當烏老大將偷上靈鷲宮抓住的女童放在眾人面前，並說「我們什麼拷打、浸水、火燙、餓飯，一切法門都使過了」時，段譽即時糾正立場譴責烏老大：「以這等卑鄙手段折磨一個小姑娘，你羞也不羞？」

而當烏老大煽動大家「取出兵刃，每人向這女娃娃砍上一刀，刺上一劍」要喝了她的血時，段譽又在眾聲贊同和群情激奮之中，孤身一人制止這種暴行：「這個使不得，大大的使不得。」並要慕容復出面制止「這等暴行」。特別是當慕容復虛僞地予以推託時，段譽激動義憤，叫道：「大丈夫路見不平，豈能眼開眼閉，視而不見？王姑娘，你就算罵我，我也是要去救她的了。」我們怎能不爲之感動，爲之鼓掌！我們知道，段譽一生最鍾愛、最珍貴之人就是王語嫣，他一生之中最怕失去的東西也就是王語嫣允許與她交往，如今竟然爲一區區小女童，一個既不相識又毫不沾親帶故或有什麼瓜葛的小姑娘，產生此等勇氣、此等自我犧牲精神，此等正義之膽和助弱俠士之氣，前後眞是判若二人！無可否認，在這裡，正義的段譽戰勝了情癡的段譽，在眞善與愛的天秤上，他傾向了前者，從而贏得了他求愛求自由求美的三環中的最後一環！

如此的偉舉，也並非是絕無僅有，更不是段譽一時偏激或神經錯亂引起，在慕容復夥同武林諸幫一起追殺蕭遠山父子二人時，段譽甚至當王語嫣以不滿恚怒之情指責他：「段公子，你又要助你義兄、跟我表哥爲難麼？」時，段譽心中自然明白她這句責問話的分量，若他救助蕭峯，那就勢必從此失去王語嫣，而且還會跟武林各派結下冤仇，更何況自己的另一結義兄弟虛竹也已聲明「兩不相助」，但段譽正義在胸，眞理在手，這兩樣壓倒了愛，壓倒了所謂與眾人的關係，更壓倒了自己的性命危險之慮，一句話，這「正義」與「眞理」使段譽壓倒了一切：「這千百人蜂擁而前，對蕭大哥群相圍攻，他處境實是兇險無比。虛竹二哥已言明兩不相助，我若不竭力援手，金蘭結義之情何在！縱使王姑娘見怪，卻也顧不得了。」兄弟之情勝過相戀之情，這其實正是正義之感與知理之義使然！本當段譽幾經磨難，出生入死，只是爲了能跟隨王語嫣左右——「你的溫柔是我今生最大的守候」，然爲了世間的仁愛，爲了人間的正義，段譽冒著將自己構築起來的愛的「豐碑」毀於一旦之險，挺直腰桿走上了自己選擇的義路眞道，事實正是這樣，在「情癡」段譽的情感世界中，潛在他心靈深處的另一種更令人敬重，也更具價值的情感，正是這正義之情，良善之情，仁義之情，無私之情！事實也證明段譽確是「情癡」，但情癡並非是「全癡」！

在新近出版的《金庸茶館》一套叢書中，有文載：「在《天龍八部》裡，稱得上情癡的，還有段譽和王語嫣。」又說：「嚴格來說，王語嫣還不能算癡，因爲她竟然在慕容復瘋了之後，跟隨段譽而去，令人懷疑這個美人心中，對愛的觀念，到底懂得些什麼？」如此說，段譽也不能算癡，因爲在王語嫣需要他靠近她時，他反其意而爲之了。但我在這裡又得說，儘管在愛的行爲中，王、段兩個最終作出了有違自己一以貫之的癡情之愛，但前者（王語嫣）是在愛到以命相捨時，卻終於發現了自私、虛僞、卑鄙和醜惡，試問，對一個只知揚名復國，不顧人家眞心相愛，甚至在對他萬般癡愛之人有被割頸的千鈞一髮之時，亦想到「我從未投降過」、「不能因她誤了我的大事」而任人去將她殺戳，在此情形下的改弦易轍，難道會是不懂眞正的愛？況且她移情的物件，正是對她千般相思、萬般恩愛之人！於後者（段譽），倒是眞的超越了愛情觀念，但這種超越，亦應是眞正懂得了愛之後的一種自由自覺的超越！誠如匈牙利詩人裴多菲所寫的：

生命誠可貴，
愛情價更高，
若為自由故，
兩者皆可拋。

誠實，這自由應是一種深層次意義上的自由。

曾有一種觀點認爲，眞正偉大又崇高的感情，既是孤獨的又是不孤獨的，這就是說，當它有悖於某一特定的利益時，它是孤獨的，當它衝破了這個特定的利益時，它又是不孤獨的；而在現實的生活場景中，我們看到的是，當它衝破了某一特定的利益時，它是孤獨的，反之，它又是不孤獨的。這就給我們帶來了一個悖論。但這悖論同時也告訴我們，這情感儘管都源發於人的身上，但它卻會有不同層次的存在：當它把自己作爲自由自主的本位，它當然會是孤獨的；當它任由周圍的世界導情入俗，它又是失卻了本位的不孤獨了。當本位的孤獨意識到孤獨時，一種可貴的獨立情感亦在意識到與眾不同之中誕生了；當在加盟入流時，那種難能可貴的獨立性，也就會在有限的贊同聲中失卻。

當世俗的情感受到生活溫馨的擁抱，當非世俗的情感受到生活無情的阻礙，又一個問題會引起人們更深層次地思考：是生活本身高於一切，還是生活中的科學與道德價值觀高於一切。當然它絕不是說科學與道德價值觀凌駕於生活之上或跳出生活之外，或者將雙方割裂。而是說當生活在某個階段時，應該具有一種引導生活的先進因素的崇高精神，它雖源於生活，爾後又返回生活，但在這一「歷史階段」或稱「某個過程中間」，是化生活爲一種新的奮發向上的生命力貫穿於生活，並去改變生活和推進生活水平的。沒有了它，生活便會如一泓滯緩流動的水，沒有了生氣和生命力。而非世俗的情感，便是在這種阻礙的壓力之下，反彈出極富個性的情感之美來。所以，無量劍派打了段譽，段譽會反過來爲無量劍左子穆向鍾靈討解藥；所以，段譽會在騎黑馬逃出伏擊後又返回去報訊；所以，段譽餓得腹中疼痛，木婉清欲割已被南海鱷神殺死、本來要追殺他們的那個使劍漢子屍體上的肉時，他會大叫「人肉吃不得，我死也不吃！」所以，他意外學習北冥神功時，不曾想到此功學成後會威蓋他人，反認爲「這門功夫純係損人利己，將別人辛辛苦苦練成的內力，取來積貯於自身，豈不是如同食人之血肉？又如盈剝重利，搜刮旁人錢財而據爲己有？我已答應了神仙姊姊，不練是不成的了，但我此生絕不取人內力」……這一切違反常情、有悖世俗的言行舉措，正是這極富個性的情感之美，最具體最現實的寫照！

以酒會友，以酒結義成兄弟，是段譽與蕭峯的一段特殊關係。放逐釋儒形象的自我，去以江湖之酒結識江湖之俠蕭峯，儒弱的他是下意識地想佔有赳赳武夫的一點俠氣，是用奔放的熱情去把豪勇虎賁擁抱入懷。

蕭峯之勇，勇在面對群雄時毫無畏怯偷溜之心，聚賢莊一戰眞可謂驚天地泣鬼神，英氣勃勃的蕭峯，眞堪是「大丈夫生而何歡，死而何懼」，爲向薛神醫求救阿朱之藥而受小人之奚落，一聲怒喝：「滾出來！」便聲震屋瓦，梁上灰塵簌簌而落。群雄均是耳中雷鳴，心跳加劇。而接著「留下罷」凌空拍出一掌，那「掌力疾吐，便如一道無形的兵刃，擊中雲中鶴的背心。雲中鶴悶哼一聲，重重摔將下來，口中鮮血狂噴，有如泉湧」，便更加令人心驚肉跳。與眾武士開戰之前，一一持碗對飲，其坦蕩俠烈之氣，令人無不感到燙手燙心。待大廳上三百餘人群起攻之，無論是趙錢孫的柔和掌力、譚公的「長江三疊浪」，還是玄難的「袖裡乾坤」、「太祖長拳」、玄寂的「天竺佛指」，都無法與之克敵。只一會兒，蕭峯便拳打單叔山、腳踢趙錢孫、肘撞青衣大漢、掌擊白鬚老者，之後，由於趙錢孫意外死亡，好鬥之徒又栽贓於蕭峯，他一怒之下便「蠻性發作，陡然間猶變成了一頭猛獸」，左擊右砍，上打下踢，快、狠、猛、精，天下武功精華，彷彿都凝聚於蕭峯一身，天下威勇之勢，彷佛都爲此英雄而來，他左手抱了奄奄一息的阿朱，右手揮舞著長劍，那是眞正的護命又拚命的生死大決戰。然英雄確非庸碌之輩，面對右手抓舉玄寂只需輕輕的一個推送，便可立即取他性命的刹那，竟因飲水思源（自己的武功出自少林）而饒他不死，施即又急煞戰勢，主動放棄戰鬥，坦然面對群敵，主動放棄戰鬥，等其殺戮。如此地英雄豪情怎不讓段譽爲之動心？所以，段譽與蕭峯結成兄弟，並在結拜以後能成爲眞正換心的兄弟的原因，主要在於段譽把蕭峯看成了：

稚兒眼中的大鵬，

弱兒眼中的大樹，

殘兒眼中的大杖，

棄兒眼中的大廟。

雖然在外形上二人截然不同：一個熊腰虎背，一個柔弱瘦子；在性格上二人也截然不同：一個聲若雷霆，一個文質彬彬，但仔細推敲，二人內在的思想上卻有著共同點：蕭峯仗義、正氣、執愛、英勇、壯烈，段譽信義、正直、癡愛、仁勇，試列表如後。

江湖的思想與釋儒的思想大致吻合，才可能產生心心相印，以命相託之兄弟情誼。也許，人們總以爲外形的不同與性格內因的不同，是水與火、鐵與棉走不到一起來的，但事實上你看現實生活中的人們，總是用自己的不足去愛他人的長處，如昨日黃花者必愛青春少年一樣，弱小的兒童願意跟隨年老的長者，生活中的拙荊醜陋，必愛相處中的嬌娘，其道理是完全一樣的。

所以段譽與蕭峯相交是一種偶然，但二人能結爲兄弟並以心換心，則既是思想的必然，亦是生活的必然。

以佛緣友，言女會友，是段譽與虛竹的一段特殊關係。釋放佛性的靈光，以

段譽 （釋儒）	…… …… ……	蕭峯 （江湖）
石室熬春藥， 斗室默認父	←— 信義——仗義 —→	武功學少林，舉手 欲甩的玄寂被放下
言一不二， 不計前嫌	←— 正直——正氣 —→	身爲丐幫幫主與契丹人， 不做愧對兩方的事
認準王語 嫣不回頭	←— 癡愛——摯愛 —→	對待阿朱與阿紫
面對刀劍對胸， 從不懼退	←— 無畏——英勇 —→	聚賢莊孤鬥三百 武林高手
冒死入虎穴， 化解矛盾， 宣講和平	←— 仁勇——壯烈 —→	英雄自戕於漢遼之間 而不做苟延偷安之徒

佛學之論互補心中愛的缺憾，是段譽與虛竹又結生死之交的關鍵。

虛竹「這僧人二十五、六歲年紀，濃眉大眼，一個大大的鼻子扁平下塌，容貌頗爲醜陋」。但佛祖有眼，驅動虛竹降臨讀者面前的第一說法是「佛觀一缽水，八萬四千蟲，若不持此咒，如食眾生肉」；佛祖有眼，驅動段譽降臨讀者面前時的說法是：「貴派叫做無量劍，住在無量山中。佛經有云：『無量有四：一慈、二悲、三喜、四捨。』這『四無量』麼，眾位當然明白；與樂之心爲慈，拔苦之心爲悲，喜眾生離苦獲樂之心曰喜，於一切眾生捨怨親之念而平等一如曰捨。無量壽佛者，阿彌陀佛也。阿彌陀佛，阿彌陀佛……」以佛緣友，兩心自然相吸。更令人心感奇妙而又滋生喜劇之樂的，是兩人互有隔膜，卻又都以爲對方完全明瞭而互相傾訴愛之衷腸：「過了良久，虛竹一聲長嘆。段譽跟著一聲長嘆，說道：『仁兄，你我同病相憐，這銘心刻骨的相思，卻何以自遣？……你我同是天涯淪落人，此恨綿綿無絕期！』……他認定虛竹懷中私藏王語嫣的圖像，自是和自己一般，對王語嫣傾倒愛慕……虛竹喃喃道：『是啊，佛說萬法緣生，一切只講緣分……一別之後，茫茫人海，卻又到那裡找去？』他說的是『夢中女郎』，段譽卻認定他是說王語嫣……虛竹道：『段公子，佛家道萬法都是一個緣字。經云：『諸法從緣生，諸法從緣滅。我佛大沙門，常作如是說。』達摩祖師有言：『眾生無我。苦樂隨緣』，如有什麼賞心樂事，那也是『宿因所構，今方得之。緣盡還無，何喜之有？』」段譽道：『是啊！得失隨緣，心無增減！』」因情而迷，因迷而誤，因誤談緣，因緣又酒，因酒而醉，因醉又緣，段譽於蕭峯之後，終與虛竹又結成了第二位拜把兄弟。

嘴在一個佛字，心在一個情字，這又是段譽和虛竹結成兄弟的一個共同點。恰如虛竹之「虛」是爲「空」意，虛竹之「竹」是爲「清」意。段譽之「段」可喻爲「斷」，斷譽之「譽」可解爲「名」（孟子曾云：令聞廣譽施於身）。虛竹者，空清也；段譽，斷名也。濁世爲空。還本（心）爲清；求名爲空，斷名爲清。符號（姓名）的佛性象徵與現實的未斷六根，恰恰形成了一個悖論：理性追求與感性追求的相異！如把此稱爲「特徵」，那麼，偏偏二人又都具有了共同的特徵！正是此特徵，又爲段譽與虛竹結爲兄弟多一有力的佐證。可謂：

佛緣有靈相遇，
情場著迷相結，
苦樂不同相隨，
患難與共相連。

情迷導致理解上的錯位，在某種程度上還造成了段、虛二人在正常情感下的「激情化的譫妄」。米歇爾・傅柯（Michel Foucault）認爲這是「主動的靈魂與被動的肉體發生接觸……靈與肉的整體被分割了：不是根據形而上學上整體的構成因素，而是根據各種心象來加以分割，這些心象支配著肉體的某些部分和靈魂的某些觀念的荒誕的統一體。這種片斷使人脫離自身，尤其脫離現實。這種片斷因本身的游離狀態而形成某種非現實的幻覺，並且憑藉著這種幻覺的獨立而把幻覺強加給眞理」。事實上，段譽與虛竹確是在不受到任何欺騙，而在自己欺騙自己的前提下，作著譫妄的交流。他們首先把未能實現的美女私有推向一個緣字，並加以主觀（想當然）的心理推測。然後，又以佛語的隨緣之說建構起自己堅定的看法與信念，並又在更寬更廣層次的主觀心理推測下展開，在試圖壓抑感情的同時，又讓其感情反彈（硬壓導致的反作用）成符合邏輯的「嚴酷事（現）實」，並讓由此產生的激情，在這人爲的「嚴酷現實」刺激下譫妄至瘋顚的程度。誠如傅柯所說，心象的分割導致了人整體的分割，被分割中的某些部分便形成了某種非現實的幻覺。

性情與行爲的相近，又是段譽與虛竹成爲好朋友的重要原因。且看有這麼一段似夢似幻、非眞非假的描寫：

他剛上第二層，便聽李秋水喝道：「是誰？」砰嘭之聲即停。虛竹屏氣凝息，不敢回答。童姥說道：「那是中原武林的第一風流浪子，外號人稱『粉面郎君武潘安』，你想不想見！」……

卻聽李秋水道：「胡說八道，我是幾十歲的老太婆，還喜歡少年兒郎麼？什麼『粉面郎君武潘安』，多半便是背著你東奔西跑的那個醜八怪小和尚。」提高聲音叫道：「小和尚，是你麼？」……童姥叫道：「夢郎，你是小和尚嗎？哈哈，夢郎，人家把你這個風流俊俏的少年兒郎說成是個小和尚，真把人笑死了。」……

只聽童姥又道：「夢郎，你快回答我，你是小和尚麼？」……

童姥哈哈一笑，說道：「夢郎，你不用心焦，不久你便可和你那夢姑相見。她為你相思欲狂，這幾天茶飯不思，坐立不安，就是在想念著你。你老實跟我說，你想她不想？」

虛竹對那少女一片情癡，這幾天雖在用心學練生死符的發射和破解之法，但一直想得她神魂顛倒，突然聽童姥問起，不禁脫口而出：「想的！」

李秋水喃喃的道：「夢郎，夢郎，原來你果然是個多情少年！你上來，讓我瞧瞧中原武林第一風流浪子是何等樣的人物！」

由「中原武林第一風流浪子」到「夢郎」，由「粉面郎君武潘安」到「多情少年」，這短短一席「情的呼喚」與「情的夢幻」，即引起天山童姥與李秋水之間情感的衝突。雖然表面上看起來一個只是在調侃，一個也是在滿不在乎，但分明兩人心內暗藏的那般潛流已在激越地衝騰，且通過李秋水表面上的漫不經心，內心神經極度的緊張，和由「夢郎」而導致的迷幻狀態，即可充分看出她爲情而相思成病，爲情而哀怨「搭經」的異變行徑。同樣，童姥雖拿李秋水當靶子，但自己也沉情泛起，自己雖將「夢姑」擒來與虛竹成其好事，除穩住他的心之外，不能排除的是她以偷聽虛竹與那個姑娘的做愛，而達到滿足自己「心淫」（意淫）的目的。此二人爲師哥無崖子之愛，互相殘殺。一個先被折廢了身體成爲侏儒，一個亦被戕害了姣容成爲醜婦，爾後在七十多年的漫長歲月裡，依然尋思著報仇的契機，七十多年後的今天，一俟碰面，便刀光劍影，斷肢截腿，於打鬥血淚中互剖相思之苦與相思之仇，眞可謂「傷心橋下春波綠，曾是驚鴻照影來」。說白了，兩人都是癡，且都以癡而癡，想煞（塞）了！一想塞當然便情理不通，渾身充滿仇恨哀怨而別無正常人的其他情感了。這也不由得我們爲李秋水的外孫女王語嫣慶幸，她癡愛表哥慕容復，幸虧有捨身投枯井一幕，也幸虧有枯井幡然頓悟之一醒，否則，那也就是第二個「搭經」的李秋水而已。

那麼，在這師姊師妹二人由戀而癡，由癡而「搭經」的情鬥兇殺表演中，虛竹又是怎樣的一種心態呢？且看：

一、當童姥指他爲「粉面郎君武潘安」時，「虛竹心道：『我這般醜陋的容貌，那裡會有什麼『粉面郎君武潘安』的外號？唉，前輩拿我來取笑了。』」

二、當李秋水提高聲音叫道：「小和尚，是你麼？」虛竹心中怦怦亂跳，不知是否該當答應。

三、「『夢郎』兩字一傳入耳中，虛竹登時滿臉通紅，慚愧得無地自容，心中只道：『糟糕，糟糕，那姑娘跟我所說的話，都給童姥聽去了，這些話怎可給旁人聽到？啊喲，我跟那姑娘說的那些話，只怕……多半……或許……也給童姥聽去了。那……那……』」

四、當童姥以「夢郎」爲前提又催問他是不是小和尚時，「虛竹低聲道：『不是。』他這兩個字說得雖低，童姥和李秋水卻都清清楚楚的聽到了。」

五、當童姥引誘說「夢姑」爲他幾天茶飯不思，又反過身來問他想不想「夢姑」，虛竹是「不禁脫口而出：『想的！』」

六、當李秋水又被情惑，在喃喃地呼喚「夢郎」要他上來時，虛竹對此是：

「李秋水雖比童姥和無崖子年輕，終究也是個七、八十歲的老太婆了，但這句話柔膩宛轉，虛竹聽在耳裡，不由得怦然心動，似乎霎時之間，自己竟眞的變成了『中原武林第一風流浪子』。」

這六點之中，我們可以看出虛竹矛盾的心態：一方面有自知之明（自知相貌醜陋），一方面又極想自己就是粉面郎君武潘安。而一旦當雙方都提及「夢郎」時，虛竹的心便會心猿意馬起來，若再提及「夢姑」，虛竹便會情不自禁了。也就在這樣的情形下，他聽得李秋水的話便天眞地以爲自己或許眞是中原武林第一風流浪子了，這顯然是未見世面之純情被煽動鼓舞而起。而當童姥描繪「夢姑」爲他朝思暮想、不思飲食時，他便自然會不經以「想的！」一言露眞情，可見善良之心是不會設防和作僞的。再由他的「糟糕」、「只怕」、「多半」、「或許」、「怦怦亂跳」、「滿臉通紅」、「無地自容」以及誘惑之下說出依循童姥意思的話「不是小和尚」，我們即可見出，越是在這兩個「搭錯經」的變態女性面前，他越顯得眞誠、稚嫩、拙樸和純淨。這和段譽面對鍾靈和木婉清，特別是石室內面對裸女熬對春藥，爾後再遇鍾靈被擁入懷時的憨直、仁厚、純眞和端正，爲王語嫣捨生忘死、不顧情形、不避人眼的那種癡愛，是多麼相似又多麼吻合！

良善的天性，又是段譽與虛竹能結拜為弟兄的一個自然緣由。

在《天龍八部》第四冊中，只要我們信手拈來，隨處都可見到虛竹善良之心的良苦所用：為了童姥再不殺鹿，他放棄逃跑的念頭跟她學體內眞氣之法，由此也使「魔婆」童姥能在喝好鹿血後在鹿頸傷口上敷以金創藥，使其生還。當李秋水尋仇找到童姥並對她施暴殺戮時，虛竹又義正辭嚴地指責李：「你們是同門師姊妹，出手怎能如此厲害？……同門姊妹，怎能忍心下此毒手？……你簡直是禽獸不如！」當虛竹背負童姥逃至冰庫，童姥對他直言待練成神功便欲取李秋水的性命時，剛才險些被李秋水一掌跌入萬丈深淵而粉身碎骨的虛竹，竟立即勸阻童姥：「前輩，小僧便要勸你……我看冤家宜解不宜結，得放手時且放手罷。」

童姥與之持相反觀點，認為「像李秋水這等壞人，殺了她有什麼罪孽」時，虛竹又針鋒相對地規勸：「縱是大奸大惡之人，也應當教誨感化，不可妄加殺害。」而當童姥以不聽話便斷絕他與「夢姑」交往作要脅時，虛竹道：「要晚輩為了一己歡娛，卻去損傷人命，此事絕難從命。就算此生此世再也難見那位姑娘，也是前生注定的因果。宿緣既盡，無可強求。強求尚不可，何況爲非作惡以求？那是更加不可了。」而當童姥與李秋水在冰窖中進行最後的生死決戰時，虛竹更是一會兒幫童姥擋李秋水的擊掌，一會兒幫李秋水擋童姥的三掌，其用意在於阻止雙方殺生！虛竹如此規勸，以命相阻，其在兇悍強暴、歹毒心狠的映襯下，更顯得善良慈悲、仁至義盡。他雖生得大鼻扁平下塌，容貌頗爲醜陋，但於此義舉慈愛之中，對比童姥與李秋水的心狠手辣、慘絕人寰的暴戾酷虐，便顯得更爲厚道淳樸，古道熱腸。於此，美德的驀然昇華，便自然將這外形的醜相轉化而蕩然無存了。此與段譽的無量劍中宣講和平，對慕容復的情殺不計前嫌，更爲王語嫣之樂之歡而割愛自己，形成了一個恰如哲學上的「本質聯繫」，段譽之善良天性與虛竹之仁慈之性二者之間有著必然性的聯繫，因爲他們良善仁慈的性格其實是同一本質事物中的二個部分（分枝）而已，即如圖示。

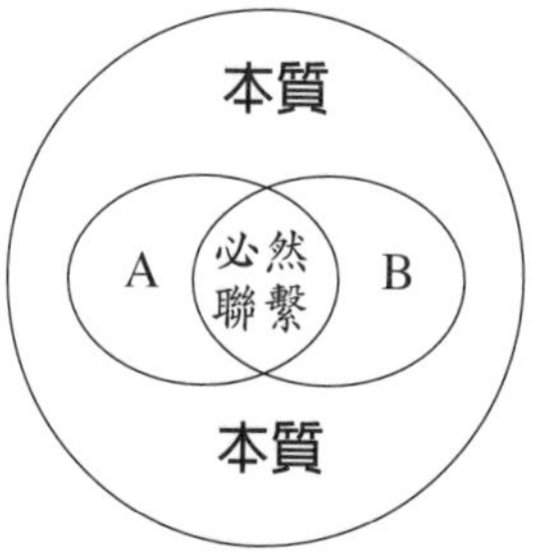

段譽沒有蕭峯的驍勇強悍和豪放血性，也沒有虛竹的迂腐無爲和柔弱唯諾。但段譽又是個皇帝的角色，即令未坐皇位，也是龍門貴子，似這樣的超級高幹子弟，爲何會對一個被江湖好漢們追殺並怒斥爲外邦仇人的蕭峯，一個被江湖人嗤之於鼻的相貌醜陋、不值一提的小和尚滋生情感並結爲好兄弟，在那兇險多難的江湖人生道上，同生死共患難，譜寫了一曲又一曲離奇曲折、驚險多亂又情篤誼深的人生之歌？這就必須從他的本質上去尋根追源。

我們知道，段譽雖然是個文弱儒生，但他天生有一種高貴的氣質和追求自由的個性，在他的血液裡流著豁達率直、敢作敢爲的精神，因此，他自然成爲十一世紀中國少數民族的精神貴族。但也正是這種特殊皇家貴族的地位，和在他的言行中自然築起了一道封建的屏障，又處處約束著他。而段譽敢與蕭峯、虛竹交朋友、融感情、共生活和善天下，其積極意義正在於他是以自己的生活實踐與生命體驗，去試圖突破那種封建承傳的關係，從而去開創一種新的社會關係與人際關係，並在從中顯示出他獨特個性的同時，彰顯出他與別的皇家血裔不同的人生價值來。

段譽的情愛世界是一個悲喜交加、苦樂參半的世界，段譽的人生交際，是一種既隨和仁愛，又保持尊嚴自愛，並帶有著幽默與正義互爲閃亮的舊中蓄新的文明。如果說中國文化中有著「君子」、「野人」和「士大夫」與「民間」之分，有著「上層」、「下層」和「陽春白雪」與「下里巴人」之說，那麼，段譽的情愛和他的交際，便是這一切的融會與綜合。

段譽的人生哲學

處事篇

當說到一個人的行爲處事或者人生謀略之時，我們的心總會被鼓動起來，因爲初涉人生之時，我們對它是充滿神奇又滿懷渴求，希冀自己能在很短時間內掌握這類人生的高級藝術，以使自己能順利駕馭生活，飛黃騰達於既定目標。當年老體衰，已經步入人生之尾，我們又會爲它而浮想聯篇，心潮起伏，往事若浪潮翻捲，浮雲掠過，在回憶中權衡曾經過的人與事，並與之對照比較，引出幾多的感慨嘆息甚或悔恨懊喪來。那麼，當我們在高科技的今天，於快節奏的緊張忙碌之後，在沉沉的夜色或妻兒（女）們安然的鼾聲中，倚著這無窮的蒼穹與漫漫長夜，扭亮一盞枱燈，嗅品著杯中嫋嫋而散的香茗，讓燥動之心在平靜的書桌旁暫時安靜下來，捧起《天龍八部》，看看近十個世紀前我國少數民族的一位王子哥們，是怎樣的行爲處事和與人交際的，或者說利用我們心靈的靜思作著「眞氣震盪」，然後「傳音入密」，穿透時代的阻隔去與段譽對話，聽聽這位「金大俠」筆下的白馬王子歷經世間風風雨雨，飽受人世滄桑的歷史經驗。

段譽，一個十九歲的少男，與他最接近的幾個人中，除蕭峯爲三十多歲中年男子外，其餘均爲少男少女，如虛竹初看年齡爲二十五、六歲，其眞實年齡爲二十一歲。鍾靈十六歲，木婉清十八歲，王語嫣也是十七、八歲，連他的情敵慕容復也僅二十七、八歲。所以，考察或追溯段譽的爲人處事及其交際生涯，其實也就是探究一群少男、少女的人生初逢與滄海情緣。

如前所述，探究一個人的心靈秘密與歷史軌跡，就必得將他放入他所處的時代之中，以求符合歷史的眞實性和人物的眞實性。段譽所處的時代，是封建經濟繼續發展和民族矛盾擴大的時期。當時的北宋政權，在結束五代十國局面的過程中，已經由實踐產生新的施政綱領，即一是如何使唐末以來存在的藩鎮跋扈局面不再繼續下去，二是如何鞏固自己的政權使之延傳千歲，不再成爲五代之後的第六個短命朝代。在第一個方面，統治者的措施是削減下面（州郡）的權力，即一官不能兼一個州郡以上的職務，同時，他們的財政與兵權亦全部歸中央統一指揮和掌握，並設定文武兩官（正副）治轄州郡，使其互相牽制。後來爲了全面掌握和能隨時調遣下面的兵權財力，又新增監司一職，其性質如今日政府的特派員，總管州郡財政司法等，這樣，中央至於地方就可以直接行使權力而無阻礙了。在用人問題上，宋太祖和宰相趙普等人開始收奪高級將領的兵權，部分軍官改用資力淺、肯聽話的人充任，且時常予以更換調動，所謂「兵無常將，將無常師」是也。爲防止農民起義，又增加了軍隊建設，至仁宗慶歷年間，已有現役軍人一百二十五萬人次。少數民族的情況，在阿保機建立遼國的基礎上，耶律德光即位後已侵佔燕雲十六州，走上了封建化的道路。當蕭峯、段譽、虛竹等在關外生擒遼帝之時，已在蕭太后、遼聖宗大舉南侵，發動了一場大規模的戰爭，後遼軍大將蕭撻覽受伏中箭而死，宋眞宗大兵亦抵達澶州，最終以澶淵之盟議和之歷史背景中。西夏國元昊繼位，先後佔領瓜州（甘肅安西）、沙州（甘肅敦煌）、肅州（甘肅酒泉），倚賀蘭山之雄。東盡黃河。西界玉門，南接蕭關，北控大漠，以強勢威脅著宋政權。期間，農民起義接連不斷，如王小波、李順在四川起義，方臘在浙江起義，宋江在東山起義，鍾相、楊么在湖湘起義等等，民族的矛盾、農民的各處起義、統治階級內部的集權政策，均無形中還是凸顯了一個武字，即誰擁有兵力雄厚的軍隊，誰就可以佔山爲王，甚至可以推翻政權，改朝換代，由此涉及江湖，當然與之相呼應的以武功的是高下優劣，去武林中爭奪名譽甚至霸主的地位。也就是在這樣的大趨勢下，大理國的皇爺段正淳要兒子段譽學武功，既是皇室政權，也是渴望段譽日後在疆場建立奇功，或者揚名天下。可偏偏是這個小王爺不爭氣，「平生最不愛瞧人打架」，所以「爹爹要教我練武功，我不肯練。他逼得緊了，我只得逃走。」因爲「學打人、殺人的法子，我自然覺得不對頭」。而當他與王語嫣感情上走得近的第一個契合，也正是武功——王語嫣悲嘆表哥慕容復「一年到頭，從早到晚，沒甚麼空閒的時候。他和我在一起時，不是跟我談論武功，便是談論國家大事。我……我討厭武功」。而段譽呢，此時宛若陰陽電流的接觸，又如磁鐵相會的貼吸，「一拍大腿，叫道：『不錯，不錯，我也討厭武功。我伯父和我爹爹叫我學武，我說甚麼也不學，寧可偷偷的逃了出來。』」儘管王語嫣是個武術評論家或武功理論家，段譽也因意外而學了凌波微步與六脈神劍，但在他倆的骨子裡，卻都潛在著一種共同的討厭武功或天性地拒斥武功的因素（所以王語嫣永遠不會武功），這其實是個性、情趣、行爲與人際關係的具體體現。段譽身在皇宮，武功高手林立，父親又是有名的「一陽指」傳人，要學武眞是容易極了。王語嫣熟知武術理論，表哥又是鼎鼎大名的「以彼之道，還施彼身」的「南慕容」，要學武更是唾手可及，及之必優之利，可二人偏偏就是身在武功之中而厭惡武功，這種發自內心眞情的表現，正是人品的本然與本眞的自然流露。這也不由得想起了中國一個民間故事的傳說。

在古代某村莊有二戶人家相連爲鄰，二戶人家中有魏姓一小男孩和甄姓一小男孩，二小孩自小一起親密無間，並都有一共同嗜好：玩石頭，每當童趣起來，兩人就會去各處搜羅來許多形狀不一的石頭，各自壘築起自己心中的石橋。慢慢地二人都已長成少年，魏姓那家父母見兩個小孩經常在一起玩石頭，唯恐自己的孩子日後長成頑石般愚笨，便斷絕他與甄姓小孩的往來，以脅迫、鞭子和八股文把孩子訓育，自然，那魏姓的少年果然不負父望，金榜題名而上了京城，此事亦在這個窮鄉村傳爲美談佳話。而那另一個甄姓少年，雖也有父母的規勸與鄉鄰親屬的指責，但他一味固執地玩石頭，到魏姓少年被八人大轎抬去京城時，他送走了童年的好友，也隨即遠走他鄉了。時隔數載，魏姓青年在京城宦海中周旋，因非本性合然，便勞頓成疾，終日鬱鬱寡歡。而那遠走他鄉的甄姓青年，卻猛然在各地嶄露頭角——成了蜚聲全國的造橋大師！經他造出的橋，既有古代遺傳之文化韻味，又有他自己根據親身經歷結合每個不同地域的風俗特點與地理環境，創造出來的新的審美風格。所以每當一座新橋造成，便總有當地紳士大夫為之賦詞誦歌，更有京城來的吏官為他詳記砌術，以萌後世。此事自然也轟動了京城，這時恰巧京城最繁華處的一座大橋因年久失修頹然倒塌，皇帝急詔甄姓青年進京，於是甄姓青年便凝聚其畢生精華，將這座斷橋重建，半年後，一座「傲傲然紫氣東來，飄飄然舒展西去」的大氣華美之橋，在京都聳起，旋即，它即被命名為「天下第一神州橋」。通橋那天，皇帝親自封甄姓青年為驛政司，還將他招為東床。此事自然令魏姓青年大為震動，但又覺「無顏見江東父老」，便躲在家中飲酒自忖。想昔日與甄弟一起玩石頭，共壘石橋時，總是他的橋先造好，而甄弟的橋也須得他魏哥幫壘最後一塊石頭才成。可偏偏父違子願，子拗不過父命，自己喜石壘橋之天性被「八股」、「仕途」所吞沒，只好在這京城的你爭我奪、爾虞我詐之中汲取生命的汁液，如今落得病體懨懨，終日愁眉不展。想到此，不禁頁是感慨萬千。於是，趁月夜之黑，魏姓青年一人悄悄潛至新橋，他走上走下，摸級扶欄，心中之波自然陣陣泛濫，其情勢宛若「金大俠」筆下浙江海寧的錢塘江大潮，倏然一個猛浪直衝心間，只見魏姓青年官帽一歪，便倒墮入橋下河中再無聲息，說來也真是奇怪，打撈屍體的撈了三天三夜，竟然連一片衣襟也撈不上來，事後人們都說，這魏姓青年與這新橋爲伍，他的血肉已融入這橋礎裡去了。再說那甄姓青年，聞聽此事，百感交集，往日童年玩石頭之事彷彿歷歷在目，待祭拜過童年夥伴之後，他便也悄然地消失了，事後，不管皇帝和他的女兒怎樣差遣兵將四處打探，卻始終沒有他的下落。但人民心中卻滿清楚，只要哪裡有敲打石頭和築基壘橋之聲，哪裡就會有甄姓青年出現。

此傳說雖是「民間出版」，但它卻非常清晰地給我們指明了一個道理：魏姓青年的墮河失蹤與甄姓青年的銷聲匿跡，都源於一個天性——喜愛石頭！所以，即令是魏姓青年在京城做了官，他最終還是要回歸石橋之下的，而那甄姓青年縱然贏得東床之貴，亦絲毫無眷戀之意，原因亦正在於他的靈魂與精血是非石頭莫屬的！蕭峯有他的英雄本色，而甄姓青年的棄貴和魏姓青年的棄官，亦是他們各自的英雄本色，只不過是各自表現的方式不同罷了。於此再來看段譽與王語嫣的討厭武功和最終不爲武功所累所縛，亦在於他們自然的、率眞的、純樸的、清風的天然本性和高潔可愛的宇宙內眞人品。此生此性，也恰如《菜根譚》所云：「持身涉世，不可隨境而適。須是大火流金而清穆然，嚴霜殺物而和氣藹然，陰霾翳空而慧日朗然，洪濤倒海而砥柱屹然，方是宇宙內的眞人品。」

段譽爲人處事又一特點，在於江湖是非恩怨面前，從不遷就，即令身陷危境面對刀槍，亦從不口是心非或違背心願去說去做。他做人的原則是正直，在是非面前也是正直，該說就說，該做就做，這一點與遷就順從無主見的虛竹相比，就是「立身高一步立」了。如此行，於榮辱得失便絕然無緣，只求心爲正跳，口爲正言。如與鍾靈逃出無量劍的圍困之中，卻又偏偏執拗地要隻身獨闖神農幫重地，儘管鍾靈一再勸阻：「段大哥，你這人也太不知天高地厚。神農幫陰險狠辣，善於使毒，剛才連殺二人的手段，你是親眼見到了的。咱們別生事了，快些走罷。」但段譽卻仍固執前往：「不成，這件事我非管一管不可。」到了那裡，也不管自身性命是否會頃刻殁滅，便理直氣壯地曉喻幫主司空玄，要他放棄殺戮，與無量劍締結和平條約，以免生靈塗炭，同時還將此事提到了法律的高度。眞所謂「權貴龍驤。英雄虎戰，以冷眼視之，如蠅聚羶、如蟻競血；是非蜂起，得失蝟興，以冷情當之，如冶化金、如陽消雪」（均引自黃家章、黃慧錦《爲人處世與「菜根譚」》）。而段譽之所以能做到這一點，就在於其無個人利益得失之計，又胸藏浩蕩乾坤的正氣，面對邪惡，能不避艱險去克之。眞可謂眞君子自逆境中來。

一個人恪守道德在平常不是件難事，但若你身處特殊的環境，如誤入金庫，見人人都在偷錢；騙入妓院，見處處都是銷魂之聲；闖入相罵陣中，沒有一人不在起勁詛咒辱罵對方；陷入懶漢之群，個個都在勤吃懶做，這時孤獨的你若不順勢隨流，而能以最大的能耐保持你先前的那分德性，那是極不容易之事。段譽在石室中與木婉清裸露相對，且又有春藥從中煮燃本能慾火，且那木婉清又左一聲哥哥，右一聲段郎，一忽兒要他抱，一忽兒要和他生孩子，此少男少女同處一室的肉慾誘惑與情慾挑逗，一般春情勃發的青少年是無論如何也抑壓不住本能的衝動的。誠如《菜根譚》之說：「勝私制欲之功，有曰說不早，力不易者；有曰識得破，忍不過者。」但段譽卻終於抓住了這「識」與「忍」，識者，木婉清乃自己的妹妹，不可亂倫也！這忍，是一旦慾門一開，便從此踏上豬狗畜禽之列，喪失人性！在此，「忍」則是維德之本，護理之本！也正由此，段譽終於掙出了人慾的泥潭，重新踏上寬廣的德理之道。段譽在特殊氛圍特別環境裡，能以理制慾，以德治慾，終於使自己免受於情感慾望的奴役，在爲人處事中豎起了一面理德兼美的旗幟。這既是段譽的思想上有著較高層次的認識，也是他信仰和恪守道德的有力表現。從段譽這件特殊事情的處理上，我們也可引爲自己人生之路的借鑑：即每個人不論你處在任何特殊的情況與環境中，均應用（學會）理性與道德之理去約束自己，疏導自己和調整自己，千萬不能在不應該縱慾的地方去縱慾。由此去美化人性、完善自我和昇華你的人生價值與意義。

段譽在處理與情敵慕容復的關係上，更具一種「不責人小過，不發人陰私，不念人舊惡」的君子風度。慕容復三番五次地欺侮他，有時甚至以命相逼，但段譽仍然可爲他排憂解難，可爲他充當腳力，可爲他不計前嫌，甚至可答應他割愛去西夏招爲駙馬。這是眞正的以德服人的行爲！此事與當年諸葛亮「七擒孟獲」之事頗爲相似。魯莽、爽直而又短於心計的孟獲是蜀國南方部族的首領，因起兵反蜀而被蜀軍擒獲，卻不肯認輸，孔明爲穩定南方部族，對他不罵不打更不殺，陪他參觀了蜀軍的軍營，就放他回去並約定日後再戰。孟獲於是改變了與蜀軍正面對壘的策略，率兵馬趁夜色來偷襲蜀軍營寨，殊不知這早就在孔明的意料之中，於是，孟獲及部下陷入了蜀軍的埋伏圈中，再次被擒，他依然不服，孔明又再次將他放了。此後，孟獲雖一次又一次地改變戰略，或堅守渡口，或退守山地，卻總免不了一次又一次被擒的厄運，當他第七次被蜀軍擒獲後，他終於心悅誠服地歸順蜀國，立誓永不叛亂。於是蜀國的後方變得穩定，南方部族的人民也就得以休養生息，安居樂業（此段引自黃家章、黃慧錦的《爲人處世與「菜根譚」》）。自然，慕容復不是孟獲，慕容復絕無孟獲的爽直，段譽也絕不是諸葛亮，但七擒七縱與段譽無數次地寬容、忍讓慕容復，確有性質上的相同。雖然段譽也絕對沒有諸葛亮的才華謀略，但他們的胸襟開闊，度量宏大，恰又頗爲相同。段譽的一顆仁慈之心，又基本可與諸葛亮對應。之後雖然慕容復並未懸崖勒馬如孟獲終於得仁　滋邦，反而因野心與私欲得不到滿足而變成瘋癡權癡，但段譽的「遇欺詐之人，以誠心感動之；遇暴戾的人，以和氣蒸之；遇傾邪私曲的人，以名義氣節激勵之」（《菜根譚》）的爲人處世，以德性融之的仁、禮、信，將會永遠給讀者一種德性的陶冶與啓示。

同樣的德性，還表現在段譽與蕭峯、虛竹的兄弟情誼上。虛竹的「夢姑」，段譽把她錯當王姑娘，且虛竹又向段譽大傾相思之情與慕戀之苦時，段譽非但沒有像常人一樣由內心妒忌而使兄弟反目成仇，反而以情溫情，以酒慰情，不失好兄弟的和睦之情。當蕭峯被遼兵所圍的消息傳到大理，已坐上皇位的段譽非但沒有半點官架子，也未以國家大事爲重而推脫一個人在他的朋友兄弟遭受危險時應該去承擔的責任，即毅然脫下皇袍直衝遼兵軍陣，亦不顧自己的生命安危，與虛竹徒手生擒遼帝，從而爲蕭峯解了殺身之圍。這是講義舉義的爲人處世。在這義旗獵獵之中，我們可以見出以人爲第一的那種人文主義雛形的精神來。

同樣，段譽在與王語嫣漫長曲折的戀愛過程中，他自始至終所做的，就是那種無怨無恨的愛的奉獻，在這奉獻中顯示出爲人處世的那種百折不撓、堅韌不拔的精神。之後，爲了王語嫣的歡愉又斷然決定放棄自己的追求，如此「智」舉，眞是一種識大體、爲他人的高尚品性與高尚風格的表現。不過一定有讀者會說，這段譽無怨無恨的愛和九牛拉不回來的韌勁確實令人佩服，但在這其中有種傻呼呼的味道卻又會令人發笑。「傻呼呼」——筆者的人生經歷中似乎也有著相同的回聲：一位青年愛上同一崗位上的大嫂，一位是移乾柴近烈火，一位是嫦娥愛少年，僅短短一段時間，兩人便如膠似漆，再也難以分開。但當時社會的觀念與政府的政策不允許有此類事情發生，兩人因此也得到了最後通牒。明知結合無望，但又怎麼捨得擁懷之中的心上人離我而去，於是抽抽泣泣，兩人便坐火車無目的地來到浙江海寧斜橋，在這小鄉鎮的一座橋上，兩人對天盟誓之後，彼此便用繩子捆綁成一對，雙雙一體跳入河中去陰間做夫妻了。殊不料死原也是一種可怕的折磨，不知怎麼的，那女的掙開了繩子終於浮了上來，隨即被人救起，而那小伙子爲她卻永遠身臥河底。你說這男的傻不傻？又據報上刊載，某一農戶過年殺豬，其兒媳突然嚎啕大哭，爲人不解，細細盤問，方知此豬是她一手餵大，如今被綁上砧板待宰，她極其自然地從心底裡發出了哭聲。養豬原是爲了吃，可世上竟有人爲殺豬而痛心大哭的，你說這人傻不傻？更有一青年男子愛讀《紅樓夢》成癖，前後也不知翻讀了多少遍，人也從此爲此書而憔悴、憂愁，終於一病不起。忽一日手捧《紅樓夢》突然大叫：「林妹妹，寶哥哥來遲了，我要來追上你……」聲縷不絕而亡。視作者創造的藝術形象爲眼前眞人，而爲之動情、爲之心碎，直至亡魂追魂，你說這人傻也不傻？當然，這三人是都有傻的一面，但這三人又並非一個傻字就可了斷，在傻呼呼的背後，我們分明可瞧見這三個人內心情感深處涵藏著人間最珍貴的東西——善良！男青年爲對方而殉身，對方反而臨陣脫逃，相比之下，男青年不是顯得善良嗎？豬原是爲人之食用而餵養的，但當看到她親手餵養大的豬即將被殺時，眼淚與哭聲會自然從心底發出，這豈不正是善良天性的自然流露嗎？明明知道書上之人非現實之人，書中之事是陳年的事，但讀之卻爲之生情，爲之發哀，爲之咽命，驅動他的非善良之心莫屬！由此再來反觀段譽的「傻呼呼」，那麼，我們就要說，這是段譽待人處事善良的本性所致。也許，只有這樣的理解才會對段譽顯得更公平些。

綜合段譽的爲人處世，他是把率眞的天性、自然的樸拙、爲人的眞誠、行事的良善作爲人生的謀略而走他的江湖的，爲此，也可以這樣來概括段譽的處世：和平與世，純眞藏情，道德處事，仁義會友，良善待愛，禮理爲君。

中國人的爲人處世，自古就以「禮、義、廉、恥、孝、悌、忠、信」或

「忠、孝、仁、愛、信、義、和、平」此「八德」爲道德之綱要，又有「格、致、誠、正、修、齊、治、平」之說。旨在要求社會中的每一個人，以理義爲母，滋生其他，而這理義及其他的道德規範，既是外在的社會條文需要我們「做人」的人去學習遵循，更要我們通過學習知曉其社會意義和人生價值，由此把它從外部世界的社會規範轉化爲人內心世界的自然需求，因爲舉凡一個情感心態正常的人，都是希望他生活的社會環境是太平安定、幸福有序，而絕不希望過一種動盪混亂，悲慘雜亂的生活；總是希望人與人之間的交往能夠民主講理，大度和平，而不希望身處於蠻橫專制、自私兇殘之中。段譽處在當時以講誰的武功好誰就可以獨霸天下，誰的武功好他就可以爲所欲爲、禍殃天下的社會環境中，能以中國傳統的倫理道德規範約束自己並行走於江湖，確實難能可貴。特別是身處於《天龍八部》中像段正淳、刀白鳳、康敏、慕容復、丁老怪、「四大惡人」、天山童姥、李秋水、「平瑞二婆」、「無量劍」、「神農幫」、「丐幫」、「少林派」以及什麼「三十六洞洞主、七十二島島主」中間，與之相比，更顯出其用人格之得，補名利之失，以品性之慧，昭爲人之道的獨特作用來。自然，人生之道是那麼漫長，而人的性格又會隨時隨境起著變化，那充滿荊棘與布滿坑窪的路，也必由得各人自有各人的走法。段譽正是如此，他雖為人處世恪守中華傳統道德規範，但作為一個具有個性和浪漫想法的青年，他也有自己的立於傳統又頗具個性的為人處世，所以他並非呆板的理義的孝子賢孫，而是生活在理義活動裡的又露缺點的人，所以他儘管仁愛，卻亦參與了殺人，他儘管知孝，但亦違背了父命，他儘管明禮，但也絕不「非禮勿視」，而是見美生愛、由愛滋癡、由癡衍事而行演出一系列驚險曲折、令人回味的故事來。同時，他年少氣盛的好激動與好衝動，年輕自豪又愛管閒事的特點，說明了他絕非是一個完人，而是一個眞實的人在江湖上尋找他的情趣與愛情。

那麼，癡呆呆文縐縐的段譽，又是否有領導統御的才能呢？或者說，他行演這一系列的曲折故事中，好像事事都在聽從別人的擺布，特別是為愛而言聽計從於王語嫣，即使違心他也強令自己順從，除此之外，他到底有否自己作主的時候呢？答曰，非但有，而且確有過發揮自己領導統御才能的時候，若謂不信，請看下列事實：

一、克制情感，又以情感動人之心，聽從他的意見辦事：

鍾靈嘆了口氣，閉了眼睛，低聲道：「好吧！你打還之後，可不能再生氣了。」

過了半晌，沒覺得段譽的手打下，睜開眼來，只見他似笑非笑的瞧著自己，鍾靈奇道：「你怎麼還不打？」段譽伸出右手小指，在她左右雙頰上分別輕彈一下，笑道：「就是這麼兩下重的，可痛得厲害麼？」鍾靈大喜，笑道：「我早知你這人很好。」

段譽見她站在自己身前，相距不過尺許，吹氣如蘭，越看越美，一時捨不得離開，隔了良久，才道：「好啦，我的大仇也報了，我要找那個司空玄幫主去了。」

鍾靈急道：「傻子，去不得的！江湖上的事你一點兒也不懂，犯了人家忌諱，我可救不得你。」段譽搖頭笑道：「不用為我擔心，我一會兒就回來，你在這兒等我。」說著大踏步便向青烟升起處走去。

鍾靈大叫阻止，段譽只是不聽。鍾靈怔了一陣，道：「好，你說過有瓜子同吃，有刀劍齊挨！」追上去和他並肩而行，不再勸說。

你看段譽，他先是挨了鍾靈的誤打，待鍾靈弄清眞相要他打還時，他「似笑非笑」地看著她，又「伸出右手小指，在她左右雙頰上分別輕彈了一下」，這樣的「處理藝術」，難怪鍾靈即會脫口稱譽：「我早知道你這人很好！」一笑一輕彈，其實已把鍾靈的心給勾住了。鍾靈是個任性的小姑娘，但一聽得要離她而去，段譽口稱「你不用爲我擔心，我一會兒就回來，你在這裡等我」，就在一怔之下隨他而去，這就是段譽的統御能力了。既叫她「不用擔心」，又讓她「在這兒等我」，這不用「擔心」與「等我」，其實是在暗示：「不用擔心」實質上是要擔心，非擔心不可。「等我」似更在提醒鍾靈，會等到他回來嗎，如等不回來那就意味著什麼？已被段譽一笑一輕彈動了眞情的她，便自然會追隨他而去了。而此時段譽之表現，又冷靜得似乎讓人有點驚訝，對於一個少男來說，無意中觸碰了鍾靈的酥胸還很懵懂，但經她那嚴厲地一點撥，自然豁然開朗了。且二人相距尺許，他已分明嗅得出她向他徐徐吐來的春的氣息，怎又能在一會兒就情便自禁了呢？這說明段譽雖在年齡上屬幼稚衝動之青少年期，但他在遇事處理上，潛在著統御的本領。

二、忍情發令，制亂在前。在與木婉清二人同被延慶太子囚禁並誤用春藥後，二人在石室中裸露相對：

他自覺慾念如狂，當此人獸關頭，實是千鈞一髮，要是木婉清撲過身來稍加引誘，堤防非崩缺不可……

段譽道：「我是你哥哥，別叫我段郎，該叫我大哥。我把八卦圖形的歌訣說給你聽，你要用心記住。乾三連，坤六斷；震仰盂，艮覆碗；離中虛，坎中滿；兌上缺，巽下斷。」木婉清依聲念了一遍，問道：「水盂飯碗的，幹甚麼？」段譽道：「這說的是八卦形狀。要知八卦的含義，天地萬物，無所不包，就一家人來說罷，乾為父，坤為母，震是長子，巽是長女……咱倆是兄妹，我是『震』卦，你就是『巽』卦了。」

好一個「我是『震卦』，你就是『巽卦』了」，在情急之迷亂中能以天地之理制於人慾之念，以兄妹之稱，警示亂倫之舉，非「大內高手」是絕不可能辦到的！段譽的臨場克制忍耐能力和在迷濛意亂之中制亂在前的戰略決策能力，在《天龍八部》中堪稱魁首。

三、巧妙引誘，機智圓融。初見王語嫣的段譽一下墮入情網，但王語嫣視段譽爲草芥，根本不把他放在心上，段譽再要和她接近那眞是千難萬難，段譽卻以巧妙機智，一下做了她朝夕相伴的僕從。且看：

王語嫣眼中含淚，低頭走了出來，芳心無主，不知如何是好……他見王語嫣臉色慘然，知道王夫人沒有答允，道：「就算夫人不答允，咱們也得想個法子。」……

段譽問道：「你懂得那麼多武功，為甚麼自己不去幫他？」……段譽微笑道：「你母親自然不會准許，可是你不會自己偷偷的走麼？我便曾自行離家出走。後來回得家去，爹爹媽媽也沒怎樣責罵。」……

段譽偷看她神色，顯是意動，當下極力鼓吹，勸道：「你老是住在曼陀山莊之中，不去瞧瞧外面的花花世界麼？」

王語嫣搖頭道：「那有甚麼好瞧的？我只是擔心表哥。不過我從來沒練過武功，他當真遇上了兇險，我也幫不上忙。」段譽道：「怎麼幫不上忙？幫得上之至。你表哥跟人動手，你在旁邊說上幾句，大有幫助。這叫作『旁觀者清』。人家下棋，眼見輸了，我在旁邊指點幾著，那人立刻就反敗為勝，那還是剛不久之前的事。」王語嫣甚覺有理，但總是鼓不起勇氣，猶豫道：「我從來沒有出過門，也不知少林寺在東在西。」

段譽自告奮勇，道：「我陪你去，一路上有甚麼事，一切由我來應付就是。」

我們看了這一段對話，馬上就會明白，這是一個大人在引誘小孩跟他走的那套花招，從先爲她著急地「想個法子」，到猛地一句戳開她的思想「偷偷地走」，中間又插入耐人尋味充滿誘惑的「瞧瞧外面的花花世界」，再到煽動性肯定她的武功對表哥「大有幫助」，並先後二次以「自己的出走」和「自己的棋局旁點清板」爲喻，提高她出走的信心和勇氣，到最後「自告奮勇」的「我陪你去」，並大言不慚說如果路途上發生什麼風險，「一切由我來應付就是」，這中間的語言策略和情感運用眞是恰到好處，它裡面既有心理學的，又有江湖經的，更有一種文化韻味的煽動性，這樣的「藝術水平」確無他人可及！更有甚者，當最後「王語嫣秀眉緊蹙，側頭沉吟，拿不定主意」時，段譽便當機立斷：「一不做，二不休，倘若阿朱、阿碧給斬斷了一隻手，你表哥定要怪你，不如就去救了她二人，咱四人立即便走。」如此的氣魄，如此的大膽，此時的段譽眞像個戰場上的大將軍在沉著地指揮著戰局，果敢有力的段譽，在這裡又一次顯示出了他統御指揮的能力和才華。

四、智鬥兇頑，轉危爲安收高徒。南海鱷神在「四大惡人」中排行第三，但他不甘屈尊於葉二娘之下，便又自稱「岳老二」。當他要爲弟子「小煞神」孫三霸報仇，追殺木婉清時，在段、木二人已被他擒拿住後，看段譽又是怎樣轉危爲安，並將這惡人收作了高徒的。

段譽心想不錯，這怪人如要逐走自己，原只一舉手之勞，倒是別惹怒他才是，於是站到木婉清身畔，說道：「原來尊駕外號叫作『南海鱷神』，武功天下第……第……那個，久聞大名，如雷貫耳。在下這幾天來見識了不少英雄好漢，實以尊駕的武功最是厲害。我投了幾十塊石頭打你，居然一塊也打不著。尊駕武功高強，了不起之至。」

開口「尊駕」，閉口「武功最厲害」，又是「久聞大名」，又是「如雷貫耳」，把這個惡人直哄得團團轉。且其聰明之處更在於吹捧奉承之後馬上來一個自我解脫——「我投了幾十塊石頭打你，居然一塊也打不著」，以抬舉其武功的高強來解脫剛才投擲石塊可能帶來的殺身之險，眞乃鑲嵌得巧妙至極。當南海鱷神擋去木婉清六枝毒箭，欲再次殺她時，又是段譽以強辯之勢，硬將這惡魔給矇住了，接著又用了激將法，使弱羊在虎口之下順利脫險。

段譽說道：「岳二爺，你說過不傷她性命的。再說，你的徒弟學不到你武功的一成，死了反而更好，免得活在世上，教你大失面子。」南海鱷神點頭道：「這話倒也有理。岳老二的面子是萬萬失不得的。」……

段譽道：「很好，很好！你沒打木姑娘，木姑娘卻放箭射你，這並不是『還手』，這叫做『先下手為強』。倘若你出手打她，她重傷之下，決計沒有招架還手之力。因此她是有力偷襲，無力還手。你如殺她，那便是改了你的規矩，你如改了規矩，那便是烏龜兒子王八蛋。」……「倘若規矩不改，便不是烏龜兒子王八蛋。你愛不愛做烏龜兒子王八蛋，全瞧你改不改規矩。」

爲不做烏龜兒子，南海鱷神自然是「絕不殺他二人」了。可見南海鱷神武功再高，在段譽的「稀里糊塗奉承，捋著順毛吹捧」的巧計下，還是給敗下了陣來。

五、英雄膽色，鎮定如若救丐幫。說段譽愛玩，原是少兒天真活潑的本性，但把命玩在槍口上，卻又並非愛玩之人都能辦得到的。尤其是他與阿朱各扮慕容復與蕭峯，以「南慕容」、「北喬峯」之英姿威名，去天寧寺中解救被擄丐幫兄弟的一幕表演，令人對段譽深入虎穴、沉著鎮靜的本領又有了進一步的認識。段譽跨入天寧寺的第一步便遇上了南海鱷神，但在寃家路窄之際，段譽不慌不忙，應對自如。最後在表演凌波微步時又別出心裁，將自己蒙上眼睛與這惡魔智鬥，在長衫飄飄，瀟灑自如地行走中，他既用功更用智，一身絕技壓倒群雄，如此膽識與具體運作中的臨場發揮，進一步說明了段譽遇事應變能力的高超所在。

六、頤使群雄，平亂協調顯英才。段譽這似傻不傻、似呆非呆的怪才，內中還潛藏著一種指揮千軍萬馬的才能。你瞧，當烏老大、無量洞主、卓不凡等率領眾弟兄攻打縹緲峰，砍殺童姥手下，又殺害鈞天部幾多姊妹，而作爲靈鷲宮的繼承人，新主子虛竹又欲爲他們一一解去了生死符的終生之苦，以梅劍爲首的靈鷲宮眾人卻要這幫人非償命不可的劍拔弩張之時，是段譽作了平亂協調工作，同時解救了左右爲難的新主人虛竹的窘境，在這其中，段譽表現出了非凡的才幹：

群豪中不少人便即會意，跟著叫了起來：「不錯，咱們罪孽深重，虛竹子先生要如何責罰，大家甘心領罪。」有些人想到生死符催命時的痛苦，竟然雙膝一曲，跪了下來。

虛竹渾沒了主意，向梅劍道：「梅劍姊姊，你瞧該當怎麼辦？」梅劍道：「這些都不是好人，害死了鈞天部這許多姊妹，非叫他們償命不可。」

無量洞副洞主左子穆向梅劍深深一揖，說道：「姑娘，咱們身上中了生死符，實在是慘不堪言，一聽到童姥姥她老人家不在峰上，不免著急，以致做錯了事，實在悔之莫及。求你姑娘大人大量，向虛竹子先生美言幾句。」

梅劍臉一沉，說道：「那些殺過人的，快將自己的右臂砍了，這是最輕的懲戒了。」她話一出，覺得自己發號施令，於理不合，轉頭向虛竹道：「主人，你說是不是？」虛竹覺得如此懲罰太重，卻又不願得罪梅劍，囁嚅道：「這個……這個……嗯……那個……」

人群中忽有一人越眾而出，正是大理國王子段譽。他性喜多管閒事，評論事非，向虛竹拱了拱手，笑道：「仁兄，這些朋友們來攻打縹緲峰，小弟一直極不贊成，只不過說乾了嘴，也勸他們不聽。今日大夥兒闖下大禍，仁兄欲加罪責，倒也應當。小弟向仁兄討一個差使，由小弟來將這些朋友們責罰一番如何？」

那日群豪要殺童姥，歃血為盟，段譽力加勸阻，虛竹是親耳聽到的，知道這位公子仁心俠膽，對他好生敬重，自己負了童姥給李秋水從千丈高峰打下來，也曾得他相救，何況自己正沒做理會處，聽他如此說，忙拱手道：「在下識見淺陋，不會處事。段公子肯出面料理，在下感激不盡。」

群豪初聽段譽強要出頭責罰他們，如何肯服？有些脾氣急躁的已欲破口大罵，待聽虛竹竟一口應允，話到口邊，便都縮回去了。

段譽喜道：「如此甚好。」轉身面對群豪說道：「眾位所犯過錯，實在太大，在下所定的懲罰之法，卻也非輕。虛竹子先生既讓在下處理，眾位若有違抗，只怕虛竹子老兄便不肯給你們拔去身上的生死符了。嘿嘿，這第一條嘛，大家需得在童姥靈前，恭恭敬敬的磕上八個響頭，肅穆默念，懺悔前非，磕頭之時，倘若心中暗咒童姥者，罪加一等。」

虛竹喜道：「甚是！甚是！這第一條罰得很好。」

群豪本來都怕這書獃子會提出甚麼古怪難當的罰法來，都自惴惴不安，一聽他說在童姥靈前磕頭，均想：「人死為大，在靈前磕幾個頭，又打甚緊？何況咱們心裡暗咒老賊婆，他又怎會知道，老子一面磕頭，一面暗罵老賊婆便是。」當即齊聲答應。

段譽見自己提出的第一條眾人欣然同意，精神一振，說道：「這第二條，大家需得在鈞天部諸死難姊妹靈前行禮，殺傷過人的，必須磕頭，默念懺悔，還得身上掛塊麻布，服喪誌哀。沒殺過人的，長揖為禮，虛竹子仁兄提早為他們治病，以資獎勵。」

群豪之中，一大半手上沒在縹緲峰頂染過鮮血，首先答應。殺傷過鈞天部諸女之人，聽他說不過是磕頭服喪，比之梅劍要他們自斷右臂，懲罰輕了萬倍，自也不敢異議。

段譽又道：「這第三條嗎，是要大家永遠臣服靈鷲宮，不得再生異心。虛竹子先生說甚麼，大家便得聽從號令。不但對虛竹子先生要恭敬，對梅蘭菊竹四位姊姊妹妹們，也得客客氣氣，化敵為友，再也不得動刀弄槍。倘若有那一位不服，不妨上來跟虛竹子先生比上三招兩式，且看是他高明呢，還是你厲害！」

群豪聽段譽這麼說，都歡然道：「當得，當得！」更有人道：「公子訂下的罰章，未免太便宜了咱們，不知更有什麼吩咐？」

段譽拍了拍手，笑道：「沒有了！」轉頭向虛竹道：「小弟這三條罰章訂得可對？」

你看，先表明自己的立場——對群豪攻打縹緲峰一直持不同意見，這實際上既在大家面前巧妙地確立了自己的公正地位，又贏得梅蘭菊竹等姊妹對自己的友好態度。接著，以巧妙的外交辭令「討一個差使」，儼然開始行使他的職權。

正題開打，是先打後撫，即先以靈鷲宮方面的立場斥責群豪鑄下的大錯大罪，既用以平息眾姊妹的「義憤填膺」，又殺殺群豪方面不服者的反抗情緒。後又說「所定的懲罰之法，卻也非輕」來晃一槍，並為後面作好了鋪墊，如此言辭與手腕，實非高級外交家莫屬！接著的第一罰是在童姥靈前磕頭，既冠冕堂皇，又順理順章，而且確是以童姥為大而罰，此懲罰戰略，不可謂不妙也。那第二條的懲罰，是恩怨分明，賞罰分明，殺傷過靈鷲宮姊妹者，磕頭掛孝，沒殺傷過人的，優先讓虛竹拔去生死符，而且還加上個「以資獎勵」，這種攻心並大禮文罰的方式，恐怕連諸葛亮孔明也會暗暗拍手叫好的吧！那第三條的罰則更顯得大氣和謀略化；要群豪永遠臣服靈鷲宮——這就為平息內亂，確立和穩固虛竹的統治地位打下了政治基礎，又要大家聽從虛竹先生的號令，是在暗中提高虛竹的權威性，同時亦要大家「對梅蘭菊竹四位姊妹們客客氣氣」，便策略地平息了四姊妹對群豪們的最後一點怨恨之氣。而「化敵為友，再也不得動刀弄槍」，更是為他們締結了友好和平條約！

平日經常受人欺侮，愛管閒事發表言論也無人當它一回事的段譽，今日在此大亂大難的當口，敢於挺身而出，主攬難題，並又神馳妙策般地把這件大事，轉眼之間處理得既井井有條，有板要眼，又條理分明，眾口俱服，這就不由得讓人油然想起美國馬爾騰先生的一席話：

每個人對於自己的最大才能、最高的力量，總不能認識；只有大責任、大變故或生命大危難的磨練，才能把它催喚出來。

在壟畝間耕種，在製革工場中工作，轉運木材，做店員，在市鎮上做短工，這種種境遇，都不足以喚起格蘭特將軍酣睡著的「偉大性」；甚至連西點軍校和墨西哥戰爭都不能把它喚起，假使美國沒有南北戰爭的爆發，則格蘭特將軍的名字，必然埋沒無聞，必不能流傳後世。

在格蘭特將軍的生命中，是有著大量之動力的；然而卻需要南北戰爭的大「撞擊」，去把它炸發，尋常的境遇不能觸發他酣睡著的力量，不能燃起他的生命炸藥。

耕田、砍木、做鐵路員、做測量員、做州議員、做律師，甚至連做國會議員，這種種境遇，都不足以燃起林肯的生命火藥，炸發林肯的生命動力。只有把國家危急存亡的重任放在他的肩上，這位美國有史以來最偉大的人物之生命炸藥，才爆發出來。

偉人是在「需要」之學校中訓練出來的！

有人以為，假使一個青年人生來有些大本領，則這種本領遲早總會顯露出來；這真是最錯誤的一種觀念。本領雖有，可以顯露出來，也可以不顯露出來。這全視環境，全視足以喚起的自願、喚起力量的環境之有無。生來有大本領的人，未必是同時生來有大的志願、大的自信力的人。

把重大的責任擱在一個人的肩頭，驅使他入於絕境，則情勢之要求，自能把這個人內在的全部力量發揮出來。這可以催喚出他的創造智力，催喚出他的自恃、自信力及解決困難的力量。假使在他的生命中，有些做大人物做領袖的成分，「責任」可以把它催喚出來。

柔弱傻呆的段譽在「需要」的學校中被訓練了出來！在無量劍、在神農幫、在南海鱷神手下、在延慶太子石室中、在鳩摩智的淫威裡、在曼陀山莊的折辱下、在靈鷲宮的群雄狂亂中……是這些環境的磨難訓練了他，也正是在這群豪起亂的環境裡，有了喚起他處理問題的才能和統御眾人的本領。確實，正是責任，像一枚炸彈，炸開了段譽爲人處世的「凌波微步」，炸開了段譽解難安勢的「六脈神劍」。靈鷲宮縹緲峰的環境神力聳起了段譽令人尊敬的偉大形象，在「才幹與謀略同用，智慧與戰術並行」之中，他走入了自己生命的最輝煌時刻。

腳下小草人人輕，
兀立頂峰驚蒼鷹。

我們在反省民族文化的價值依據爲何時，總是從哲學的或宗教的上面去尋找，如對道教的研究，分出道法自然的老莊學說爲哲學的道教，歷代相傳並產生的各種流派與派別的信仰是宗教的道教。自然深入下去有民族心理與道學的統一辯證關係，有時代歷史與老莊之說的成因綿延關係，但在探究民間信仰崇拜與太極哲學的同時，疏漏了文化表演者在生活中以智謀演技化成大法的無宗教信仰崇拜、無哲學意識指導的民間文化，並以此種文化印證著民族文化的價值與意義，如段譽的「制、巧、智、膽」便是人天性的求美求愛之生活行徑的「自然腳步」，它涵含的民族心理因素是文化，但絕非宗教信仰崇拜，也沒有哲學思想意識在作著指導。於此，我們再來看段譽對王語嫣坦誠地說：「逃之夭夭，正是我段譽的拿手好戲。」就既可理解，又可與之相統一而更深一步去認識段譽了。「天地氤氳，萬物化醇；男女構精，萬物化生。」天地相依相偎，滋生的是一種具有厚度的、不雜他質的原汁類的東西；男女陰陽交合，肇端的是一種具有活力與意識並能繁衍人類的獨特高級物體；天地相依相偎使世界有了「基因」，男女陰陽交合使世界有了生命；「化醇」之「醇」與「化生」之「生」，它們的本質都是一種「純」而非滲有他物的雜。

段譽在他生命的風俗中，還有一個令人百思不解的習慣，那就是在他學成並使用北冥神功、六脈神劍時，總是先用時不靈、後因不靈便一急一鼓動、或被一逼迫一打擊，便又如潛流衝開泥石一般一下威猛神靈起來。我們若把它歸納起來，共有十九次，其中使用「凌波微步」五次，使用「六脈神劍」十四次。

先看「凌波微步」：

不料郁光標正守在門外，聽到僕人叫聲，急奔進門。門口狹隘，兩人登時撞了個滿懷。段譽自「豫」位踏「觀」位，正待閃身從他身旁繞過，不料左足這一步卻踏在門檻之上。

這一下大出他意料之外，「凌波微步」的注釋之中，可沒有說明「要是踏上門檻，腳下忽高忽低，那便如何？」一個踉蹌，第三步踏向「比」位這一腳，竟然重重踹上了郁光標足背，「要是踏上別人足背，對方哇哇叫痛，沖沖大怒，那便如何？」這個法門，卷軸的步法秘訣中更無記載，料想那洛神「翩若驚鴻、婉若遊龍」的在洛水之中凌波微步，多半也不會踏上門檻，踹人腳背。段譽慌張失措之際，只覺得左腕一緊，已被郁光標抓住，拖進門來。

書獃子畢竟是書獃子，意外出現了一個門檻，竟不及隨機應變，反倒去思考卷軸中沒有記載。但這又多麼現實，一個從不喜愛武功，今日為脫逃之生計違心試用，而一上來就出了問題，那是合情合理的。

第二次使用凌波微步更是一個嚴峻的挑戰，要以凌波微步去對付號稱「四大惡人」的武功高手南海鱷神，實在是險中又險之事。「段譽指著他的身後，微笑道：『我一位師父早已站在你的背後……』南海鱷神不覺背後有人，回頭一看。段譽陡然間斜上一步，有若飄風，毛手毛腳的抓住了他胸口『膻中穴』，大拇指對準了穴道正中。」接下去是段譽又抓住了他的「神闕穴」，緊接著「將他的身子倒舉起來，頭下腳上的摔落，騰的一聲，他一個禿禿的大腦袋撞在地下」。漂亮！一出手瞬息之間，便將高手惡魔摔跌於眾目睽睽之下。那岳老三自然不肯甘休，於是初涉武道的段譽便與他展開了一場惡鬥。直至段譽的父親段正淳以「一陽指」助發了他的內力，才讓南海鱷神在惱羞之下無奈地跪地拜他為師。

第三次的凌波微步，不是使用在武鬥場上，竟是用來對付親人、逃避情慾之衝動。段譽、木婉清被延慶太子囚禁石屋又誤服春藥，熬煞不住，最後「春藥猛激，越來越難與情慾相抗拒。到後來木婉清神智迷糊，早忘了段譽是親哥哥，只叫：『段郎，抱我，抱住我！』……便向段譽撲去」。段譽自是性情中人，又值青春精力旺盛慾念強烈之際，是極易被誘發衝動的，更何況已服用了春藥，藥力發揮已到最佳階段，又恰值一個裸露的青春女體主動向他撲來，這又叫他能如何抗衡？可說，此時段譽抗山易，抗性慾難！但最後還是以凌波微步走散了他體內蠢蠢欲動的情魔。

第四次使用凌波微步頗為簡單，在與西夏武士鬥殺之後，又來了個李延宗，當與李延宗避刀三十招後，被李延宗一聲吆喝要先殺王語嫣而分心，凌波微步不及踏出反被李延宗橫腿一掃倒在地下，那李的「刀刃陷入他頸中肉裡數分」，應該說，這一次段譽是失敗的。不過有一點需要說明的，段譽的失敗並不在於凌波微步最後勝不了對方，而在於他踏凌波微步純粹為了避打，要是他也主動進攻，那麼在「翩若驚鴻，宛若遊龍」之中，隨便只要舉手一招，便都可立時取了對方的性命而先告勝利的。

假扮慕容復與南海鱷神在天寧寺內比武，是段譽第五次使用凌波微步。其中最為扣人心弦的是與上四次不同的「矇眼走步」：

段譽一瞥間見到他猙獰的面貌，心中一窒，急忙轉過了頭，從袖中取出一條手巾，綁住了自己的眼睛，說道：「我就算綁住眼睛，你也捉我不到。」

南海鱷神雙掌飛舞，猛力往段譽身上擊去，但總是差著這麼一點。

「這麼一點」——正是這「這麼一點」，段譽才能身輕如風擺落葉，在惡魔的左探右掌中輕輕巧巧地避而展步；正是這「這麼一點」，段譽才能瀟灑自如，毫不理會惡魔自空而下的搏擊，自主自在地踏著他的八卦步法。最後，也自然是以「這麼一點」，棋高一著，縛手縛腳的優勢，制住了驕橫兇殘的南海鱷神，贏得了解救丐幫弟兄的關鍵一著。

我想讀者一定已經注意到了這麼一個現象，即如此世所罕見、出神入化的凌波微步，在段譽身上使出，有時卻又會「步子不知該往哪踏」或「嘎然而止而不知所措」，請看：第一次踩上門檻，「一個踉蹌，第三步踏向『比』位這一腳，竟然重重踹上了郁光標的足背」。第二次當他朝南海鱷神禿頂上拍了一掌，反被這惡魔左掌嗤的一下抓破了手背，留下五條血痕，後因手指滑落又將自己額頭抓出五條血痕，於是「當下腳步連錯，躲到了父親背後，已嚇得臉上全無血色」。第三次在與李延宗交手時，因李略施奸計，喝道要先一刀殺了王姑娘，而害段譽分心，「急忙抬頭，便這麼腳下略略一慢」，便被李延宗橫腿一掃跌翻在地，脖子上被刀刃進頸數分。這踩在門檻上想卷軸上的步法秘訣為何沒有這一步的書獃子氣，開玩笑似地在岳老三的禿頂上輕拍一掌的童心之舉，被李延宗一個奸計而信以爲眞慢了一步的純樸之性，正是造成段譽在舒展凌波微步中失敗的眞正原因，而由此失敗，恰恰反證了段譽在爲人處世中身臨絕境時仍不曾丟失的那分善良純淨的天性，否則，身臨性命攸關之境，誰又會不將對方置於死地而後快呢？若不說「後快」，是「無後患」也是正理常情之道。

讓我們再來看看他的「北冥神功」使用時的具體事例：

以「少商」取人內力而貯之於我「氣海」，第一次無意中與郁光標扭打而吸了郁光標、吳光勝等七名無量劍弟子的內力。吸力的結束，是聽得有人大叫「那婆娘偷了我孩兒去啦」，一定神便鬆開了吸力的手指。第二次是降服南海鱷神的比武中，首先以抓他的「膻中穴」，後抓他的「神闕穴」，而吸瀉他的內力打了第一個回合的漂亮勝仗。第二次勝利卻是天助段譽而成，那岳老三已識破段譽抓穴之厲，欲以「攻敵之不得不救」逼段譽變攻爲守，然後他再在段譽之變中趁變而攻對方，誰又能料到段譽這人「於臨敵應變之道一竅不通」，致使南海鱷神的一股大力衝撞他的「少商穴」，便「登時身子搖晃，立足不定」。

第三次段譽無意撞見地道內的一幕，因心急怕別人傷害了自己的鍾靈妹妹，便鑽進地道拉住葉二娘足踝上的「三陰交」大穴，使其雲中鶴、鍾萬仇、岳老三、葉二娘等人的內力盡洩，最後終於拉出了鍾靈。

第四次爲誘王語嫣離家出走先救阿朱、阿碧時，被嚴媽媽拖到鐵柱邊讓鋼環圈住了腰，段譽大急，伸右手牢牢抓住她的左手手腕，盡洩了嚴媽媽的體中內力。這「一急」而吸內力，當也是無意而得。

從這四次正宗北冥神功的逍遙派吸取他人內力以補自己內力，以作「北冥天池之巨浸，可浮千里之鯤」的法道中我們可以看出，段譽每一次吸取他人內力皆出於無意，即都並非欲取他人內力而用此北冥神功。這就充分說明了段譽在學得此「奇功」後，均沒有把這「奇功」當作「正道」，這正是段譽爲人處世的一個原則——正者不走邪道。另外，如第一次的「一定神」便鬆去了吸內力之神功，其實是段譽只會胡鬧不會治人、整人的本質表現。第二次把南海鱷神摔跌在地也就只是將他摔跌在地而無加害於他之心，至於第三個回合時，當南海鱷神運用大力於他的「少商穴」中衝撞時，他便「身子搖晃，立足不定」，這絕不是顯示段譽的笨和愚，而是證明了他不會眞心做打人殺人的勾當，以致當他掌握了吸人內力的技巧大功，也絕不會再去更深地探究傷人之道，以致才會有此令他窘迫的場面出現。而第三次與第四次的吸人內力，皆是以「自然的無爲」而達「爲之」的效果，同時亦證明了段譽絕非是具有貪心私欲和巧取豪奪之徒，這也恰如他的言說，證明了他行爲的道德規範：「我此生絕不取人內力。」也即是段譽絕不幹損人利己之事。

那麼，有了奇功大能，又怎樣做到用之爲人爲善呢？且看他使用「六脈神劍」的幾個情節：

段譽見到本相吐血，這才省悟，原來適才鳩摩智又暗施偷襲，心下大怒，指著他的鼻子罵道：「你這蠻不講理的番僧！」他右手食指這麼用心指，心與氣通，自然而然的使出一招「商陽劍」的劍法來。……

段譽刺了這幾劍後，心中已隱隱想到，須得先行存念，然後鼓氣出指，內勁真氣方能激發，但何以如此，自是莫名其妙。他中指輕彈，中衝劍法又使了出來。霎息之間，適才在圖譜上見到的那六路劍法一一湧向心頭，十指紛彈，此去彼來，連綿無盡。……

段譽的真氣卻不能隨意收發，聽得對方喝叫「且住」，不知如何收回內勁，只得手指一抬，向屋頂指去，心想：「我不該再發勁了，且聽他有何話說。」

鳩摩智見段譽臉有迷惘之色，收斂真氣時手忙腳亂，全然不知所云，心念微動，便即縱身而上，揮拳向他臉上擊去。……段譽立時全身酸軟，動彈不得。

剛才還是英姿颯颯、威武連連的段譽，轉眼之間便被擊倒而全身酸軟，不能動彈了。爲何？初看起來似乎他不會收回內功，其實首要的還是他聽了鳩摩智的「且住」——太相信人了！並又以善良之心強制自己——「我不該發勁了」，再以誠意待人——「且聽他有何話說。」

這是與人爲善。

當鳩摩智以詭計擊掌震斷阿碧手中的木杖，劈碎紫檀木桌子，佯裝再劈阿碧時，先前明明知道鳩摩智要他顯露「六脈神劍」的段譽，此時會只顧阿碧而忘了鳩摩智的詭計，「其時只想到救人要緊，沒再顧慮自己全不是鳩摩智的敵手，中指戳出，內勁自『中衝穴』激射而出，嗤嗤聲響，正是中衝劍法。……鳩摩智和段譽鬥了一會，每一招都能隨時制他死命，卻故意拿他玩耍……鳩摩智笑道：『來不及啦。』跨上一步，左手手指伸出，點向段譽的穴道」。自然，純眞無邪的段譽又被點中，雙腿痠痲，摔倒在地被擒。這裡面使中衝劍法的段譽宛若三歲孩童玩萬貫家財般與鳩摩智鬥。雖最後又被鳩摩智生擒，但他單純爲救人而不顧一切的行爲，豈不又是與人爲善嗎？

當西夏武士圍攻段譽和王語嫣時，段譽在王姑娘的指點下以「六脈神劍」連殺三人，但奇怪的是，當段譽對著那個「大將軍有令」在大呼小叫的人背後，使「少陽劍」一指點去時，「這眞氣的內力便發不出來」，爲什麼？原來是向人偷襲自己先提心吊膽，這是正人做邪事——成事不足，敗事有餘。

這也正足以反證段譽的與人爲善。

慕容復無疑是段譽最大的情敵。當段譽一見到千呼萬喚才出來的慕容復時，「登時眼前一黑，耳中作響，嘴裡發苦，全身發熱」，爲什麼？這當然是他朝思暮想的王姑娘終於突然降臨於眼前了，但更主要的是王姑娘身旁緊隨著一人，那人「淡黃輕衫，腰懸長劍，飄然而來，面目俊美，瀟灑閒雅」，所以段譽一見之下，會「身上冷了半截，眼圈一紅，險些便要流下淚來」。然正是在這個令段譽陡感敵手強盛，自己心愛之物不可能隨其心意的前提下，他眼見慕容復與鳩摩智走棋時走火入魔，因棋子被困而想到自己的未遂大事，宏圖受阻而得不到展舒，便認定爲天命所致，因此哀嘆「時也命也，夫復何言」，欲拔劍自刎時，段譽不是幸災樂禍，心中爲能這麼輕易除去一個情敵而暗暗感到高興，反而「食指點出，叫道：『不可如此！』」當然此時六脈神劍又是極靈光的，「只聽得『嗤』的一聲，慕容復手中長劍一晃，噹的一聲，掉在地下」。

「噹」的一聲正是段譽與人爲善的鏗鏘有力的一聲。

救王語嫣使用六脈神劍，能將頭陀拿刀向王語嫣劈去的持刀右手用六脈神劍將其從中截斷，但救蘇星河手下二十餘人時，「六脈神劍」又不靈了，特別是救天山童姥，當烏老大揮刀向布袋中的童姥砍去時，段譽雖也大驚，急忙以「中衝劍」指向烏老大的鬼頭刀，但遺憾的是，「內力半點也運不上來，這時一劍刺出，眞氣只到了手掌之間，便發不出去」。同是救人，爲何這裡偏又不靈了呢？我想，許是天山童姥不該爲段譽所救之故吧，因爲這其一是天山童姥本身是惡人而不是善人，這其二是段譽在學北冥神功時就已立下暗誓：爲善。這也是一個反證。

當段譽與慕容復作最後的決戰時，儘管段譽眼蒙著黑布，後又因除黑布而左腿中了慕容復一劍，但他側臥於地，即以一招「少澤劍」還之，爾後，以威力難擋之勢，把慕容復長劍打上屋樑，又用劍氣刺傷慕容復的肩頭，要不是他慕容復逃得快，說不定此番會喪命於六脈神劍之下。可是當慕容復逃走，段譽非但不去死追窮寇必欲殲滅之，反倒「全身癱軟，慢慢縮成一團，一時間再也站立不起來」。如此劇變，實是段譽心中始終有一顆善心佔據上風，即令被迫自己或為善劇惡時也不例外，此事同樣在慕容復擊傷自己的父親段正淳並使其當場口噴鮮血時，段譽「聽得王語嫣在慕容復打倒自己父親之時大聲喝采，心中氣苦，內力源源湧出，一時少商、商陽、中衝、關衝、少衝、少澤六脈劍法縱橫飛舞，使來得心應手，有如神助」。這時說明段譽由激情加憤情而陡生的內力，已駕輕就熟，自然六脈神劍的使用也就到了火候上了。然正在此時，也正是剛剛還在為慕容復擊傷段正淳而大聲喝采的王語嫣，只是驚叫一聲：「段公子，手下留情！」段譽便收刀讓招，而且他特別清楚王語嫣的心理狀態：「我知你心中所念，只有你表哥一人，倘使我失手將他殺了，你悲痛無已，從此再無笑容。段某敬你愛你，絕不願令你悲傷難過。」這「敬你愛你，絕不願令你悲傷難過」的愛情大度、寬容大度，也正是段譽為善大度！更令人震撼靈魂的是他已讓步收招，但偏偏慕容復以死拚命，一邊鋼鈎，一邊判官筆，雙雙刺向段譽，只圖取他一命。而此時的段譽，明明知道來勢兇猛，也可以六脈神劍回之，但又擔憂「若以六脈神刺他要害，生怕傷了他性命」，如此仁慈之人，自然一時「手足無措，竟然呆了」。可以說，要不是蕭峯及時以擒拿之法抓住慕容復，段譽便必死無疑！以性命攸關之時全爲別人著想，段譽之爲善行爲，眞乃天闊山高，爲萬世楷模。

亞里斯多德曾有一句名言流傳至今：「人是理性的動物。」這就是說人類在他們與外界的存在與交往中，便一直不斷地在作著自己的思考和判斷。一個時代一種氛圍，會引出人類對它萌生出大體一致的心意反映，並在一部分較爲出類拔萃的人中，形成一種代表性的行爲，這就是「心意信仰民俗」（陳勤建）。在他們初始爲了生存與野獸的搏鬥，慢慢形成了一種「尚武」的習俗，以後，隨著人類群體的不斷擴大，又因地域、自然條件、群體中強弱老幼分布不當等原因，人類便有了爭奪、掠殺，這就使這「尚武」習俗更有了長足發展。至封建帝王建立自己的朝庭，以地界爲國，你爭我奪圖謀發展或一統天下之野心時，「尚武」已從民間的「在野」走向了「在朝」，因此，堂而皇之的「軍隊」便產生了，但它的性質，實際上仍然是繼承著這一「尚武」習俗的。與之同時產生的，或者說當

「在野」走向「在朝」時，民間的在野並不是說就此銷聲匿跡或滅習絕俗了，相反，當「在朝」的尙武習俗走向正規、走向強大時，民間的尙武習俗亦由其他冒出來的新生力量得以「充電」，亦在暗暗地擴展、悄悄地穩固。所謂江湖豪傑、梁山好漢之類，便是這種民間尙武習俗的或暗或明的代表。而段譽恰恰誕生於這樣的時代，且又由於他的性格所致，使他成了腳踏在朝與在野的兩隻尙武習俗之船，並在這曲折地行進發展過程中，展現了他個人爲人處事的本領和獨出一角的習俗習慣。在這個過程中，他或以原始樸素的言行「征服世界」，或以善良純淨的天性去豐富和發展他個人的習俗。從而形成在時代心意信仰民俗中的個人獨特習俗。其中鮮明的特徵，就是他的凌波微步與六脈神劍，有時靈有時不靈。它不是一個被固定了的物化的形態，而是隨時靠著他自己的心理活動與心靈感情，而流動發展著的心與物相交融的形式。當然，它又與民間單純的祭祀崇拜不同，它既是心靈的崇祀，又是隨時可化爲一種「尙武」形式的表現。

這類尙武習俗的另一特點是影響深廣，並爲民間的朝庭，而有自成的一套江湖法規，並且他們的行爲觀念又往往和官方「安邦天下」的一套相悖，更有意思的，是在這種相悖中倡立和崇拜符合自己觀念的英雄與好漢，並把他們淩駕於爵爺帝王之上加以崇拜敬仰。段譽他雖沒有蕭峯那種如驚濤如雷霆式的牽眾威天下、義膽籠群雄的英雄行爲與事蹟，但他那似行雲流水，如錚錚松聲的爲人處世言行與爲善中的獨特個性表現，卻無形中給人正義的力量與理性的啓示，使當代讀者見之亦感到因這歷史的習俗影響，而導致了當代文化的心熱。

在王道與霸道之中，段譽以特殊的王道走他的天下。

段譽的人生哲學

人生觀篇

司馬遷在他的〈太史公自序〉中，表明了他對俠士的看法：「救人於戹，振人不贍，仁者有乎；不既信，不倍言，義者有取焉。」段譽既以「武」救人於危難和兇險之中，更在「無武」（武不靈）狀況下，挺身而出擋住快刀利刃而救人，他仁義有加，言行必信，是「義俠」之士也。自然，在嚴格意義上說，段譽並非是專業武俠之士，但他以奇功絕武去止武，是具備了武俠精神的。雖然韓非子曾在《五蠹》中說過：俠以武犯禁，但他以武止武，以武保和平，以武懲惡，以武打抱不平，已非韓非子所言之義上的單一的俠，而是民間社會中自發的那種爲人、爲善而止武的「武裝法官」類的俠。具備這種責任爲天、義務爲地的精神，一個重要來源正取自佛教。譬如《舊雜譬喻經》中曾載這麼一個故事：

> 昔日鸚鵡，飛集他山中，山中百鳥畜獸轉相重愛，不相殘害。鸚鵡自念：「雖爾不可久也，當歸耳。」便去，去後數月，大山失火，四面皆然。鸚鵡遙見，便入水，以羽翅取水，飛上空中，以衣毛間水灑之，欲滅大火，

如是往來。天神言：「咄！鸚鵡，汝何以癡！千里之火，寧為汝兩翅水滅乎？」鸚鵡曰：「我由知而不滅也。我曾客是山中，山中百鳥畜獸，皆仁善，悉為兄弟，我不忍見之耳。」天神感其誠，則雨滅火也。

鸚鵡以翅代器，振羽救火，可想而知，其成效是甚微的，但它卻方向明確，意志堅定，其翼雖弱小，但能竭盡綿薄，這裡面的慈悲之心、仁愛之心是何等地長闊高深。段譽雖非有鸚鵡之聖，但他爲制止無量劍與神農幫的濫殺生靈之戰，於毫無武功的情況下，隻身獨闖（後有鍾靈姑娘相伴）虎穴，這種明知山有虎，偏向虎山行的獻身精神，以及爲救女娃（天山童姥）而面臨失愛（王語嫣反對），還施愛的慈悲仁愛之心，與鸚鵡救火又有何異。

段譽從小受了佛戒，所以自家裡偷跑出來初涉江湖，便以釋儒爲人生觀，指導著他走這漫漫風險之道，言說行事，均有心中潛在佛性暗中助道，《天龍八部》中第一章中最爲凸顯之處爲：無量劍要殺他和鍾靈，但在剛脫離虎口時，聞聽鍾靈說若人挨了閃電貂一口咬，活不到第八天時，便驚道：「你等我一會兒，我進去跟他說。」並要鍾靈給他們解藥。鍾靈反駁和埋怨他，爲什麼人家打你殺你，你卻還是那麼好心。段譽卻說：「孟子曰：『惻隱之心，仁之端也。』佛家說：『救人一命，勝造七級浮屠。』」可見段譽的心靈深處，始終有釋儒之識作著底蘊的。

那「獨闖萬劫谷」誤入無量山玉壁洞內，看到了玉像右腳鞋上繡著「磕首千遍，供我驅策」，左足鞋上繡著「遵行我命，百死無悔」共十六個字時，便「只覺磕首千遍，原是天經地義之事，若能供其驅策，更是求之不得，至於遵行這位美人的命令，不論赴湯蹈火，自然百死無悔，絕無絲毫猶豫，神魂顛倒之下，當即『一五、一十、十五、二十……』口中數著，恭恭敬敬的向玉像磕起頭來」。其實質是心中之佛性自然驅使，即使無此十六個字，也會磕首的，至於磕多少，那是另一個問題。所以，他口言服從驅策也是聽從佛的召喚，而非學什麼乖巧媚世之舉。這樣理解，才能與前面所寫他見了「玉像足前另有一較小蒲團，想是讓人磕頭用」，便極自然地「一個頭磕下去」是相吻合的，而這也正是他「先磕頭，後見字」的一個最好佐證！於此，才有他心內釋儒之識的更深層次的辯證發展：

這綢包一尺來長，白綢上寫著幾行細字：「汝既磕首千遍，自當供我驅策，終身無悔。此卷為我逍遙派武功精要……學成下山，為余殺盡逍遙派弟子……」

他捧著綢緞包的雙手不禁劇烈顫抖，只想：「那是什麼意思？我不要學武功，殺盡逍遙派弟子的事，更是決計不做。但神仙姊姊的命令焉可不遵？……」

腦海中一團混亂，又想：「她叫我學她的逍遙武功，卻又吩咐我去殺盡逍遙派弟子，這就真正奇了。嗯，想來她逍遙派的師兄弟、師姊妹們害苦了她，因此她要報仇。她直到臨終，此仇始終未報，於是想收個弟子來完成遺志。這些人既害得神仙姊姊這般傷心，自是大大的壞人惡人，盡數殺了也是該的。……」

看到此讀者諸君一定請仔細揣摩！段譽初見神仙姊姊這遺囑之令，是害怕又拒斥的，一是他不願學武功，二是他更不願學武功去殺人！但他馬上又想到神仙姊姊又怎會下如此「遺令」呢，只是因為那些人「害苦」了神仙姊姊，而「害苦」神仙姊姊之人，必是「大大的壞人惡人」，於局外人看來，段譽未免太想當然了，然只要你站在心理學的角度去分析，就馬上會明白，這是他心中佛性的使然！是佛的「驅策」，怎可悖道？特別是他又立即認為「盡數殺了也是該的」，更是見解上的一大飛躍，而這飛躍，非佛性指點是無有神力的。為此，段譽便以佛性去解儒理：「孔夫子說：『以直報怨』，就是這個道理。」請注意：在這裡段譽之仁愛，已由心靈的佛性，或者說是發自心靈的護（服）佛之心，將原先的「仁愛」轉化成了「仁殺」。也就是在這樣的「理性思維」之下，他又重新去詮釋和理解父親要他學武的用意了：「爹爹也說，遇上壞人惡人，你不殺他，他便要殺你，倘若不會武功，惟有任其宰割。這話其實也是不錯的。」所以「金大俠」在此段結尾時聲稱段譽「他此刻為玉像著迷，便覺父親之言有理了」，其實只是個表像上的理解，其實質應該仍是「佛性的驅策」。唯其佛性，才能解結段譽對學武的「執迷不悟」，因爲在封建時代，父母之話與聖上之言是具有對等的權威性的，而凌駕這權威性的，惟有此神（佛）性！

但段譽畢竟是段譽，「自受佛戒，念四書五經、詩詞歌賦」，又念佛經十多年，所學「都是儒家的仁人之心，推己及人，佛家的戒殺戒嗔，慈悲爲懷」，這是段譽人生觀中的「主旋律」。爲此，他在移足「仁殺」之後，又倏然想道：「神仙姊姊，你吩咐下來的事，段譽當然一定遵行不誤，但願你法力無邊，逍遙派弟子早已個個無疾而終。」此想，他段譽才會「登時心下坦然」。可見段譽的移足「仁殺」，亦僅是想法而已，從哲學上來講，是一個思想的過程。特別是那個「無疾而終」，更是一種充滿善意仁慈之愛的祈願。爲此，眞正的段譽從「仁殺」又回歸到了「仁愛」的本眞立場上來了，此爲佛家「放下屠刀，立地成佛」之眞源也。佛在《優婆塞戒經・二莊嚴品》中言：「善男子，是二莊嚴，有二正因，一者慈心，二者悲心。修是二因，雖復流轉生死苦海，心不生悔。」以此慈悲之心，段譽深知《無量壽經》中言：「王地之間，五道分明，善惡報應，祝福相承，身自當之，無誰代者。」爲此他能遵循《長阿含・善生經》中指行：「一者見人爲惡則能遮正，二者示人正直，三者慈心慰念，四者示人天性。是爲四正非，多所繞益，爲人救護。」前二者皆不存在，但三、四者皆由段譽心出，以慈心釋慰神仙姊姊之仇恨惡念，又以愛心給予逍遙派傳承弟子們一條生（天）路，段譽在玉像前其實正是在心中造他自己的莊嚴佛土，而又使自己貌心供著莊嚴。《菩薩本行經》謂「莊嚴自身，令極殊豔」。在這裡，段譽以心佛使自己莊嚴，堪與玉像（佛）之莊嚴共比殊豔。此種「無疾而終」的善意祈願，也同時體現了段譽活學活用佛經中「戒殺戒嗔」的佛理，因爲「戒是一切善法之根本」，《涅槃經》說：「戒是一切善法之梯蹬，亦是一切善法之根本也，如地，悉是一切樹木所生之本也。」欲讓善滋生並綿延廣泛，心棄殺而擁善戴愛而代之。在這裡，段譽的成佛心路歷程應爲：

一　因：法性——自然人性復活——善意善行滋生。

二　了因：智慧——更明白法性（自然性）之理——心喻特徵；

智慧——更深入明瞭法性（自然性）之理——心喻特徵。

二　莊嚴：學理德、集智慧——使其凝身有莊嚴之相；

化干戈為玉帛，以善積德——使凝身有莊嚴之相。

由此又可返回「一因」之「一正因」的基點上：

一正因：人類本來自然存在著善性，「正」為成佛之因（核心）者，在這裡以佛理曉喻人潛在之善性，便自然是點金（善）成佛了。換句話說，「正」乃自然之性，「因」是善化之緣，性緣由佛理使其自然融合，結果就成了佛。

佛人人都知，佛字人人能寫，但是否人人都理解佛和能逐步成佛呢？這首先要理解好「佛」的原義。佛，**Buddha**，學者，智者。據《南山戒本疏》記載：「佛，梵雲佛陀，或之浮陀，佛馱，步他，浮圖，浮頭，蓋傳者之訛耳。此無其人。此義翻之為覺。」可見，所謂「佛」，本不是一個人，而是代表了一個意思，那意思就是一個人的察覺和覺悟。那麼，察覺與覺悟的具體又是什麼呢？丁福寶先生在他的《佛學大辭典》中解釋道：「察覺煩惱，使不為害，如世人之覺知為賊者，故云察覺。是名一切智。覺知諸法之事理，而了了分明，如睡夢之寤，謂之覺悟。是名一切種智。」由此再去理解「智者」，那就是曉佛理，又去自覺行動者，因為能自覺行動者必是已排除了塵世間一切的迷惑與干擾，頭腦清醒，心情澄靜，是為智。

於此，我們可以推斷出來，段譽在玉像前能從「仁殺」回歸到「仁愛」，正源於他的佛心。《無量壽經》第二十七云：「佛心者大慈悲也。」又云：「佛心者如來之心，覺悟之心也。」正可佐證我們這一推斷之論。

段譽的第一回人生經歷，其佛心與對事物的察覺、覺悟是如此行，那麼，在他以後的歲月中呢？我們不妨先分類羅列有關他的佛心與對事物的察覺與覺悟，然後再予深入地分析。

人生懺悔

段譽自東至西的掃視一過，但見碾坊中橫七豎八都是屍首，一個個身上染滿了血污，不由得難過之極，掩面道：「怎……怎地我殺了這許多人？我……我實在不想殺人，那怎麼辦？怎麼辦？」那人冷笑數聲，斜目睨視，瞧他這幾句話是否出於本心。段譽垂淚道：「這些人都有父母妻兒，不久之前個個還如生龍活虎一般，卻都給我害死了，我……我……如何對得起他們？」說到這裡，不禁搥胸大慟，淚如雨下，嗚嗚咽咽的道：「他們未必真的想要殺我，只不過奉命差遣，前來拿人而已。我跟他們素不相識，焉可遽下毒手？」他心地本來仁善，自幼唸經學佛，便螻蟻也不敢輕害，豈知今日闖下這等大禍來。

由己及人，更想到這些被殺之人的追殺，也是出於無奈——受人差遣，奉命行事，並非眞想殺人，便是自然地點出了人之善性與世事之險惡，兩個本質涇渭分明！這樣的懺悔是眞正觸及靈魂的懺悔。且這樣的懺悔又並非偶然，請看段譽在王語嫣要換衣服避嫌走下樓梯後，見到從柴堆裡走來的那對男女被殺的屍體：

段譽忙道：「是，是！」快步下樓，瞧著滿地都是屍體，除了那一對農家青年之外，盡數是死在自己手下，心下萬分抱憾，只見一名西夏武士兀自睜大了眼睛瞧著他，當眞死不瞑目。他深深一揖，說道：「我若不殺老兄，老兄便殺了我。那時躺在這裡的，就不是老兄而是段譽了。在下無可奈何，但心中實在歉仄之至，將來回到大理，定當延請高僧，誦唸經文，超度各位仁兄。」

於你死我活之戰場上，面對敵方屍體會想到爲他們超度，非有佛心之人是很難有此善念的。不過，在這裡讀者諸君一定又看出了一個矛盾，即前一段話段譽是懺悔殺人，認爲他們無辜，是受人差遣，未必會眞殺我。而在這一段話中，段譽又認爲我不殺你便是你要殺我，豈不矛盾？是矛盾。但矛盾的不是這種話的形式，或段譽前後之話的邏輯混亂而不能吻合，而是隱隱在向我們突出一個社會性的實質問題：人類之社會，既講仁義，又爲何要滋生罪惡？既主和平，又爲什麼要引發殘殺？此所謂話外之音是也。由此，我們再來看段譽「他轉頭向那對農家青年男女屍體瞧了一眼，回頭又向西夏武士的眾屍說道：『你們要殺的是我，要捉的是王姑娘，卻又何必多傷無辜？』」便符合邏輯，並不矛盾了。爲此，也就順理成章地有了以下的發展：

王語嫣便道：「甚好，咱們去吧。」

段譽指著滿地屍首，說道：「總得將他們妥為安葬才是，須查知各人的姓名，在每人墳上立墓碑，日後他們家人要來找尋屍骨，遷回故土，也好有個依憑。」

王語嫣格的一笑，說道：「好罷，你留在這裡給他們料理喪事……」

段譽聽出她話中的譏嘲之意，自己想想也覺不對，陪笑道：「依姑娘之見，該當怎樣才是？」王語嫣道：「一把火燒得乾乾淨淨，豈不是好？」段譽道：「這個，嗯，好像太簡慢些了罷？」沉吟半晌，實在別無善策，只得去覓來火種，點燃了碾坊中的稻草……

段譽恭恭敬敬的跪拜叩首，說道：「色身無常，不可長保。各位仁兄今日命喪我手，當是前生業報，只盼魂歸極樂，永脫輪迴之苦。莫怪，莫怪。」……

也不想身後仍有兇險，要爲被殺之人安葬立碑，當王語嫣點出這不切實際，要火化屍體時，段譽又猶疑了半天，認爲此形式太簡單、太對不起這些已死的人；當火化屍體之時，又眞誠跪拜，立使戰場成爲佛場，更使日常有口無心的唸經「魂歸樂土，永脫輪迴」成爲一片佛心，一種希望。火舌烈焰之中映襯出來的是善待之美。

生命覺悟

段譽不明其理，說道：「此地危險，不能久留，我還是先給你解開穴道，再謀脫身的為是。」

王語嫣紅著臉道：「不好！」一抬頭，只見慕容復與鄧百川等仍在人叢之中衝殺，她掛念表哥，急道：「段公子，我表哥給人圍住了，咱們須得去救他出來。」

段譽胸口一酸，知她心念所繫，只在慕容公子一人，突然間萬念俱灰，心道：「此番相思，總是沒有了局，段譽今日全她心願，為慕容復而死，也就罷了。」說道：「很好，你等在這裡，我去救他。」

由妒生酸，殊不料這一酸竟然給酸出（悟出）一個佛心來——萬念俱灰！萬念俱灰，即是心存俗世雜念統統蕩滌一盡，已爲如來之心，覺悟之心。尤一個「了」字，正是「了達」之意：覺悟而通達！此一酸，段譽之情愛之心便「禪定」了。這也絕非偶然，在去西夏前夕，段譽當機立斷，願爲王語嫣之愛而割愛，爲王語嫣之情愛夙願，自己甘去西夏當駙馬，這種甘爲他腳之石，任其踏而意順的「捐檻」之舉，實乃是閃著佛光的生命覺悟。

武功態度

武者，禍也。然武者，又是世人立業之根本（就歷史而言），產生追求相逐之目標，段譽由厭武而學武，最後又會如何呢？

在無量劍練武廳，表明觀點最不愛看人打打殺殺。

在鍾靈姑娘面前，聲明自己平生最不喜武功。

在玉壁山洞裡，開始轉變對武功的看法，認爲有正反二方面的作用。但「一想到武功，登時興味索然：『這些武學秘笈，無量劍的人當作寶貝，可是掉在我面前，我也不屑去拾起來瞧上幾眼。』」

在救王語嫣的過程中，開始用武功殺人。

在以後的曲折生涯中，又用武功救人，用武功主持正義。

最後了悟：乃知兇器是兵器。

對武功的態度首先是你對待殺人的態度，也許，在這個世界上，誰也不能以眞正公正的面孔來決定某一個人殺人的行爲是否正當，這樣說的原因是不想讓這問題從「理性倫理」的深度論述中去尋找出普遍性來，而從佛的角度出發也好，從和平與仁愛的角度去看也好，武功與殺人總是人類和平的兇險敵人，爲此，段譽在這一過程中才會有漸趨清醒的認識，最終並以自律的生命自覺去對待武功作爲殺人武器，武術之作爲殺人武器的這一歷史問題和社會問題。

矛盾心態

作爲王子的段譽，作爲「花花皇帝」段正淳到處沾花惹草留下情種的血脈後裔的段譽，雖自小受佛戒，且長大了也是喜佛不喜武，但其現實活動，也時時流露著一種矛盾的心態：

> 一行人縱馬向西北方而行。段譽在馬上忽而眉頭深鎖，忽而點頭微笑，喃喃自語：「佛經有云：『當思美女，身藏膿血，百年之後，化為白骨啊。』」話雖不錯，但她就算百年之後化為白骨，那也是美得不得了的白骨啊。

縱是白骨也慘美，此美論當是不多聽見，雖段譽會毫不猶疑地相信之。這樣的審美觀，正是知其醜而又硬要化其醜爲美的矛盾心態的典型表現。由此我們可回溯到段譽初涉北冥神功時見裸女生驚羞，又由這驚羞而緣起學習；到本因方丈教施六脈神劍時講「以一陽指的指力化作劍氣」，段譽見帛軸上裸男而又憶及玉壁洞中帛軸上之裸女。這一陽指指陽剛之舉的暗示，與上次帛軸上裸女的聯想，可以見出段譽的心思，尚游離在佛與俗世之間、欲與無欲之間。此情境，恰似燒香拜佛之眾多善男信女，雖然有半夜宿山者，有沿途跪拜者，但焚燒、路拜、祈願之後，便又匆匆踏上歸程，去勞累他心中的俗事，所謂一隻腳跨入門檻之內，一隻腳留在門檻之外是也。此矛盾心態，又擬可與下面「內心修煉」相聯繫互參照。

內心修煉（世俗印痕）

段譽尋不著王語嫣，早已百無聊賴，聾啞老人這兩個使者若有性命危險，他必定奮勇上前相救，此刻既已死了，也就不想多惹事端，嘆了口氣，說道：「單是聾啞，那也不夠，須得當初便眼睛瞎了，鼻子聞不到香氣，心中不能轉念頭，那才能解脫煩惱。」

他說的是，既然見到了王語嫣，她的聲音笑貌、一舉一動，便即深印在心，縱然又聾又啞，相思之念也已不可斷絕。不料對面那人哈哈大笑，鼓掌叫道：「對，對！你說得有理，該當去戳瞎了他眼睛，割了他的鼻子，再打得他心中連念頭也不會轉才是。」

段譽嘆道：「外力摧殘，那是沒有用的。須得自己修行，『不住色生心，不住聲香味觸法生心，應生無所住心』，可是若能『離一切相』，那已是大菩薩了。我輩凡夫俗子，如何能有此修為？『怨憎會，愛別離，求不得，五陰熾盛』，此人生大苦也。」

知其不可爲，心願爲之，知人力心力有限，心欲修之，明明剛剛還在爲王語嫣的白骨叫美，現在又知「離一切相」之艱難，眞可謂走一步退三步。但已知「外力摧殘」之無用，又知「二不」之佛教箴言，更懂人生之「四大苦」者，現實已表明段譽之心是在愛與佛之間作著艱難的修煉。

段譽對烏老大提及，眾人爲童姥之病爭相喝采，而他則搖頭，表示與眾人不同之見——「聞病則喜，幸災樂禍」。又認為眾人上縹緲峰攻打靈鷲宮是「乘人之危，君子所不取」，可說是濁中之清、擊濁揚清的一個卓然出群的表現。雖然其卓然極其渺小，閃光點也被眾人之群舞所淹沒，但能在亂中持靜，在眾見所向中持主見，卻不能不說是，內心修煉已達一定程度的標誌，也是段譽在這濁世中始終能保持清純的一種積極的人生態度。當然，這種人生態度的積極性亦有其局限，較為形象的比喻在於枯榮大師與鳩摩智相見時的一段對話：

大輪明王道：「得罪！」舉步進了堂中。向枯榮大師合十為禮，說道：「吐蕃國晚輩鳩摩智，參見前輩大師。有常無常，雙樹枯榮，南北西東，非假非空！」

段譽尋思：「這四句偈言是什麼意思？」枯榮大師卻心中一驚：「大輪明王博學精深，果然名不虛傳。他一見面便道破了我所參枯禪的來歷。」

世尊釋迦牟尼當年在拘戶那城娑羅雙樹之間入滅，東西南北，各有雙樹，每一面的兩株樹都是一榮一枯，稱之爲「四枯四榮」，據佛經言道：東方雙樹意爲「常與無常」，南方雙樹意爲「樂與無樂」，西文雙樹意爲「我與無我」，北方雙樹意爲「淨與無淨」。茂盛榮華之樹意示涅槃本相：常、樂、我、淨；枯萎凋殘顯示世相：無常、無樂、無我、無淨。如來佛在這八境界之間入滅，意爲非枯非榮、非假非空。

枯榮大師數十年靜參枯禪，還只修到半枯半榮的境界，無法修到更高一層的「非枯非榮、亦枯亦榮」之境……

這其實也是在暗喻段譽自小受佛戒，又隨時以佛理來規範自己行爲，但迷戀王語嫣美色之念不絕，自後又代保定帝坐上了皇位，那保定帝到是歸皈了佛門，這塵世之證不是證枯榮大師的「半枯半榮」，而恰恰在證段譽的佛性修養、內心修煉爲「半枯半榮」，非能達臻「亦枯亦榮、非枯非榮」之境界。一句話，段譽不能眞正成佛。

有趣的是，鳩摩智與段譽的一段恩恩怨怨，又可作證段譽對生命、人生儘管有俗世的一面，但又可清楚見出他力使佛性在生命之中、人生之場有強大的張力，從而去影響自己和他人的生命。

鳩摩智為得到六脈神劍劍譜，竟會以佛門弟子之名義去施虐殘暴：

一、鳩摩智雙目精光大盛，惡狠狠的盯住段譽，但片刻之間，臉色便轉慈和，緩緩的道：「你我都是佛家弟子，豈可如此胡言妄語，罪過，罪過。小僧迫不得已，只好稍加逼迫了。這是為了救公子性命，尚請勿怪。」說著伸出左手掌，輕輕按在段譽胸口，說道：「公子抵不住之時，願意書寫此經，只須點一點頭，小僧便即放手。」多麼卑鄙殘忍之徒，一面以佛為面，一面施以暴力酷刑，一面說「請」，為了「救」人性命，一面以掌力運勁打入段譽穴道，妄圖使他「周身萬蟻咬齧、身受死去活來之酷刑」而屈從於他。

二、在慕容復家中，為逼阿朱等交出慕容氏「以彼之道，還施彼身」的絕技法門（譜），竟對她們說：「小僧為踐昔日之約，要將段公子在慕容先生墓前燒化了。」歹毒蛇蠍之心，為貪欲而行喪盡天良之手段，怎不令人驚怵。

三、當段譽識破他的詭計，又不為他的淫威所嚇倒時，鳩摩智突然揮掌向阿碧劈去，說道：「說不得，我先殺慕容府上一個小丫頭立威。」將人之性命任意置之，身爲吐蕃國護國法王，身爲佛教中的高僧，與惡魔厲鬼又有什麼二樣？

可也正是這個鳩摩智，在井底扼住了段譽的咽喉，欲將其扼死時，由於王語嫣情急之下爲救段譽咬了鳩摩智的右臂，便突然出現了奇蹟：鳩摩智的「曲池穴」一痛，「內力驀然間一瀉千里，自手掌心送入段譽的頭頸」。儘管如此，這惡魔還「當即運勁竭力抗拒」，「極力掙扎」，目的是想繼續殺人。處置這樣的惡人，千刀萬剮是不足惜的。但當「內力雖失，心思仍是十分縝密」的惡僧稍有點滴醒悟，段譽便泯滅恩仇，以謙謙君子之口吻對他說：「大師何必過謙？在下何德何能，敢說相救大師性命？」接著又大大出人意料地身受惡行卻想著他人的好處：「若不是大師將晚生擕來中原，晚生如何能與王姑娘相遇？」話雖實在，但一個被殺之人，如何會在巧救的一刻對殺他的人說這種話？可見一善一惡，眞是涇渭分明！然也正是在段譽善的感化下，鳩摩智才有所醒悟。更有意義的是，正是段譽以善現佛心的做法，才使佛性在這井底罪惡與良善的較量中，有了自己碩大無比的張力，也正是這張力，盡數吸去了鳩摩智「數十年艱辛修爲」的精深武功，並以此事實宣揚著佛理：去貪、去愛、去取、去纏。「四去」一旦除上心頭，鳩摩智——其實是僞善惡人的代表（象徵）終於大徹大悟，眞正改邪歸正，重新進入佛門，終成爲一代高僧。當然，這也是段譽努力使然。

鳩摩智的轉化，從本體論上去理解，存在著兩條線：一、鳩摩智把自己否定了，這是對本性中惡的成分的一種自我否定，通過否定，再重新樹立起和肯定善的新我。二、佛把鳩摩智淹滅了，這是佛對自私、貪婪、欲念、矛盾、焦慮的一種化解與消除，通過化解和消除，揚起佛心的無嗔無念。經過這兩條線走到終端，我們又可看到一個新生的實在：作爲根本的人生觀和生命觀的核心被摧毀後，個體的自我便獲得了新生，個體的整體也由殘缺被調整爲完整，個體的生命韻律也由失調被校正爲和諧。那被壓抑和消蝕的眞和善的境界，現在也開始自由舒暢地發揮，並漸趨達臻美的境界。此時，自我不再受最初的意念所操縱，而走向極端、走向矛盾和走向毀滅，而是以更新的自我性作核心去領導本體，走向具體的善的生命實踐，從中作爲原先被肢解、游離、蠱惑的主體的自我，又重新成爲匯總、融合和清醒地把握著的自我，並以自由、明遠、暢行和豐富的方式去主宰它的物質世界。

鳩摩智的轉化，使我們想起《讀者》雜誌上「登山者的發現」這則故事。劉燕敏記述這故事說：

有位叫蒙克夫．基德的登山家，在不帶氧氣瓶的情況下，多次跨過六千五百米的登山死亡線，並且最終登上了世界第二高峰——喬戈里峰。他的這一壯舉在一九九三年被載入世界吉尼斯紀錄。

過去，不帶氧氣瓶登上喬戈里峰是許多登山家的願望。然而，自一八八一年有人攜帶氧氣袋登上這座山峰以來，一百多年了，還沒有一個人扔掉過它。因為一旦超過六千五百米，空氣就稀薄到正常人無法生存的程度，攀登者在這個高度每前進一步，便必須停下來大口大口地喘上十幾分鐘才行，想不靠氧氣瓶登上近八千米的峰頂，確實是一個嚴峻的挑戰。

可是，蒙克夫做到了，這位美籍印度人為了實現這一宿願不斷摸索，最終他發現了無氧登山運動的奧秘。在領發吉尼斯證書的記者招待會上，他是這樣描述的：我認為無氧登山運動的最大障礙是欲望，因為在山頂上，任何一個小小的雜念都會使你感覺到需要更多的氧。作為無氧登山運動員，要想登上峰頂，就必須學會清除雜念。腦子裡雜念愈少，你的需氧量就愈少；欲念愈多，你的需氧量就愈多。在空氣極度稀薄的情況下，為了登上峰巔，為了四肢獲得更多的氧，必須學會排除一切欲望和雜念。

氧是高山活動的第一需要，也是超過六千五百米的高原（山）生存的第一需要，而登上八千米不帶氧，這確實是個奇蹟。創造這奇蹟的奧秘在哪裡呢？答案似乎很特別——欲望。但這特別又似乎很普通，因爲有一先入爲主的需氧的欲望，你才會在六千五百米上每前進一步就多一份需氧的欲望，若是世界上沒有氧氣瓶或氧氣袋呢？蒙克夫．基德做到了！他沒帶氧氣就攀上了近八千米的峰頂，並向人類介紹成功經驗：爲使四肢獲得更多的氧，必須學會排除一切欲望和雜念！這不由得使我們極自然地想起了鳩摩智，他已登上了護法王的寶座，且武功又極爲精深，但正因腦子中始終有著欲望，那想獨佔天下武功而稱霸天下的欲望，那想自己比別人更厲害的欲望，導致了這位僧人變成了一個施虐用暴的魔王，彷彿是一個沒有人性的妖孽，專門以脅迫人類生命為方式去達到他的追求。然而，他既不能攀上武功第一的峰巔，也不能因此成為眾望所歸的天下第一高僧。而當其內功盡失的一瞬間，他頓然醒悟欲望的罪孽竟是如此地深重，它既害己又害人，於是便對段譽交出了《易筋經》，這就意味著他革除了「霸武」的欲望，而所云「我是回到所來之處」，既是清除了一切雜念，又意味著他眞正重新認識了佛——「世外閒人，豈再為這等俗事縈懷？老衲今後行止無定，隨遇而安。心安樂處，便是身安樂處。」心安即是身安，此大徹大悟終使他成就一代高僧，並在西藏譯經，弘揚佛法，渡人無數，眞正登上了「佛巔」。蒙克夫．基德與鳩摩智儘管出發點不同，追求的目標也不同，但其登上高峰的奧秘性質卻是相同的——那就是摒除欲望。為此，也可以說，無欲望是一個人成功的眞正秘訣所在。

但我以為無欲也是一個欲，蒙克夫．基德無欲於氧，卻更有欲於登峰，登峰之欲壓倒了需氧之欲，他便成功了。鳩摩智之無欲，亦為另一欲所湮滅，什麼欲？入佛之欲。因爲，「佔有」、「雄霸」無論欲求目標之大小，眾人皆有，所以，不想幹大眾俗事之欲，是此欲有悖於大眾之欲（習性），較眾人所少見，便易被理解爲無欲，實則它是一種離異大眾層面群體活動的純粹個性活動的開始，且此開始又介入另一群體活動，即佛門的活動，並入於「普渡眾生」之欲望，又竭盡全力去追求之。因此，問題其實不是絕對的無欲，而是看欲望在你活動的場內其驅使的物理的作用力（也是心理作用下眾生的動力）有多強，一旦當作用力超出常規地發揮，那麼它就會使你創造奇蹟，玉成你的追求目標。而佛於大眾於歷史又爲何能統率一部分人的靈魂，並爲現代人們贊同（至少是不反對）呢？關鍵在於「四大皆空」之說符合大眾生活的現實，每個個體的人，無論你的職位多麼高，創造的奇蹟多驚人，擁有的財富多巨大，享有的榮譽多深遠，一旦無權、落伍、失財、衰老，一切在霎時便成泡影，熱鬧的門庭會冷若墓地，多情的鮮花會換成討厭的目光，甚至更可怕的是，縱然你仍活在世上，人們卻已當你死去了。於此，佛教的「善」說符合老百姓的祈求心理，也正是人世間兇惡太多、陰謀太多、奸詐太多之故。鳩摩智到最後走近了段譽，才由此「仲介」成其一代高僧，也正是段譽之行爲雖不完美，但卻代表了老百姓祈求的心理，是佛大眾化的體現。

我們由段譽對生命的看法和人生觀具體表現的「矛盾心態」和「內心修煉（世俗印痕）」之中，可以見出他的不足，然正是這不足，才眞正能作爲我們今日讀者的人生借鑑，因爲佛的「舍利子」乃是稀罕之物，並非人人都能企及，這就爲我們樹立起了更新更高的人生座標。在此提及「舍利子」並把它稱之爲我們現代人的人生座標並非虛妄之言，而是時代性——「因緣」之故。且看：一九八九年九月，廣西西山洗石庵住持寬能法師圓寂，火化後有舍利子；一九九〇年十二月，新加坡華人高僧宏船法師圓寂，火化後有舍利子；一九九一年三月，山西五臺山通顯法師圓寂，火化後有舍利子；一九九三年五月，瀋陽實勝寺大經師召烏力吉高僧圓寂，火化後有舍利子；一九九四年六月陝西觀音山法華寺圓照法師圓寂，火化後有舍利子，尤爲令人稱奇的是，圓照法師的心臟久焚不化，後成爲一個黑褐色的巨大舍利子！此前，廣西寬能法師在圓寂火化後，其心臟也火焚不化，成了一顆堅固的舍利子，這是刊登在《博愛》雜誌一三四期上，又經《讀者》

雜誌一九九九年第十一期轉載、由王克強先生撰寫一文中所摘。「舍利子」是一個事實並不重要，重要的是「舍利子」從何而來？那老法師的心臟又爲何久焚而由軟變硬成爲「舍利子」？在自然科學的化學、物理之說未能把它解釋清楚之時，我想作爲「精神場」中的物理作用來解釋，那必是行得通的。此種物理作用，其借力正來自佛心的張力。並且，如果你把「舍利子」作爲一種象徵來看的話，那麼，借鑑段譽克服我們現實個體生活中俗之又俗的現象、陋習，消除我們個體生命中潛在的貪欲與卑下，是必能結下「舍利子」的善果的。

我們由段譽對生命的看法和人生觀具體表現的「人生懺悔」、「生命覺悟」和「武功態度」中，更可擺正個體生命與社會關係，確立如何以渺小的個體去面對大千世界的正確立場。因爲懺悔的人生是敦促你糾邪歸正的人生，覺悟的生命是淨純平靜與他愛的載體，對武功與武器的認識，更是你人生觀的一個基調所在：是要和平還是要戰爭？「仁殺」與「仁愛」歸根到底是爲了整個人類能否建立起千年夢想的「伊甸園」、「極樂世界」，此正是人類的遠大理想能否實現的最大人生課題。爲此，日本深瀨和雄寫的（呂春譯）〈大小〉一詩，於此問題是一個幽默含蓄的回答：

大象並不那麼大
大
只是看上去
很大
螞蟻並不是那麼小
小
只是看上去
很小
大象既有一個寶貴的生命
螞蟻也有一個寶貴的生命

真的
真的
好好兒看的話
大象和螞蟻
大小都一樣

段譽的人生哲學

評語

寫書至此，全面評價段譽已成爲本書極自然的尾聲進程了。但如何去全面地評價段譽這一在《天龍八部》中的特別人物呢？我們既要具客觀性，又要突出重點，爲此，我把段譽劃分爲幾個各具特色的段譽，看能否從這些特點中能較全面清晰地認識完整的段譽。

黑格爾在他的《歷史哲學》中說過，人類只有在認識了更高的存在之時，才能尊重自己，而人類若把自己抬高到最高的地位，就意味著缺乏自尊。段譽的全部生命活動，不管是有意或無意，恐怕都是在朝著這個方向努力。他經歷風波、磨難、曲折和愛情，但他認識到更高的存在是善和寬容，是一種充滿佛性的道行，因此，他的言行既尊重了自己，又尊重著別人。人性的脆弱、人性的多欲、人性的虛假、人性的恨妒，足以摧毀人性的眞和善。爲此，段譽他在《天龍八部》中所做的平凡人的平常事，就極富神聖的意義，因爲迎著摧殘的狂風暴雨，他堅持的仍舊是眞誠與善良。在承受生活賦予他的重擔，不允許他有絲毫僥倖與幻想之實際中，他以自己的執著、無私、坦率和仁愛，去證明著物質世界的意義。也許，段譽那似眞非眞、似癡非癡式的生活方式，在理性主義者看來只是一個花癡的美化幻象，它表現不出現實世界的價值和意義來。然我們若拋開我們慣用的邏輯思維和根深柢固之偏見的常規評判方法，就會深深地服膺這樣一個事實：段譽那忍辱負重、一往癡情、寬仁爲懷、率眞無忌的生活方式，正是我們這個俗世的社會在日益流失著的珍貴東西！悲劇性的衝突正在演出的是把這些有價值的東西推到唯錢、唯物、唯利益的自私的「三唯主義」絞拌機中，把它們碾成粉末，然後像陸游在〈詠梅〉詩中所悲抒的那樣：零落成泥碾作塵，撒起一把，便把它們拋撒在腦後的時空之中飛揚，然後經風一吹便消散得無影無蹤，爾後，哈哈大笑的是「三唯主義」殘酷的大嘴。同時，一些爲此感到痛心的，也只能在生存的無奈中忍痛、憂鬱地去接受、去順從這一歷史的演變，所謂禮儀之邦，正無情地朝向著「利漁之邦」異變。當然，也有企圖在此深淵上架起一座橋樑的人，如人文知識分子的道德與理想的吶喊、海外華裔學者高舉復興儒學〈新儒家〉繁榮祖國的旗幟。人的尊嚴、知識的尊嚴維繫著他們追求的目標，和規範著他們的言行舉措，他們不是爲價值和意義而在生存在活動，而是在生存與活動中體現出這種價值和意義來。通過他們的踏實、認眞、執著和創造，抵禦那種喧囂於塵世上的虛假和自私。段譽雖沒有出現在當代，但他的作爲就此意義上說，應該是他那個時代的一位強者。自然，段譽絕沒有回天之力，能以佛心道德去拯救整個「武霸」的世界，但他執著地以一個釋儒之徒的身分，老實、誠懇、正直、無私地做著他的釋理儒學的道德文章，更以仁愛寬容表明著他爲人處世的道德態度，確是摘下了金錢權益的有色鏡，既純又眞地看待這個世界。

那麼，既然段譽爲善施仁，又爲何學武用武呢？在他生活的蹤跡中，又爲什麼不是「凌波微步」，就會是「六脈神劍」的出現呢？這就如一則知識趣事中所記述的：

一天，女兒問我：「你知道葵花為什麼要跟著太陽轉嗎？」聽到這個問題，我笑了……我對女兒說：「這個問題難不倒我，葵花向陽是因為葵花熱愛太陽，它的生長離不開陽光的照射，所以陽光走到哪裡，葵花就跟到哪裡！」

「不對！」女兒指著正在讀著的書本告訴我，「正確答案和你所說的正相反，葵花向著太陽是因為有一個痛苦的原因：葵花身上有一種奇怪的植物生長素，這種生長素特別怕太陽曬，它就總躲藏在花盤的後面，花盤為了不讓陽光曬壞了生長素，所以就只好跟著太陽轉了！」

葵花與太陽的關係終於變得不一樣了。（吳逸〈躲避太陽〉原刊《中國婦女》九九年第七期）

段譽的學武亦正如此，爲了保護善良，爲了捍衛正義，爲了救護弱小，爲了純眞愛情，他那拒武斥武的心態，也只好變爲跟武用武，以武作「花盤」了。這情形也正如曹正文先生所評價的，武是他逃命的「護身符」。這也可以以他與游坦之相比較再來說明問題。游坦之自幼跟爹爹游駒學武，十二歲又請教宿儒學文，但他爲武而武，偷藏蕭峯掉下的易筋經，心狹偏私，又盲目殺戳，無有正義道德之觀念。在愛情問題上，雖也是《天龍八部》中最典型的「苦愛」之人，卻因其愚愛之性質，而終無積極意義與向上價値（如在農舍裡阿紫要游坦之挖鍾靈的眼睛，游坦之雖也猶疑，但此猶疑是因爲怕阿紫有了眼睛瞧見自己的醜八怪相，且到最後便用右手食指欲取鍾靈的雙眼。同樣在對待本幫兄弟之事上，游坦之也毫無原則，身爲幫主，卻聽從阿紫指揮，將宋長老等五人用掌擊死）。而段譽癡愛王語嫣雖不亞於游坦之癡愛阿紫，但他愛憎分明，心有原則，在慕容復與蕭峯廝打之時，他不會順從王語嫣的意思去打自己的結義大哥，而當烏老大、慕容復等人圍剿靈鷲宮欲屠天山童姥（女娃）時，段譽也是堅持人道主義原則，堅持儒家君子立場，頂撞王語嫣也在所不懼。

正是段譽的這些優良品質，如瑕不掩瑜般藝術地襯托出了他的有時糊塗和有時傻相；也正是這些優良品質，使他全無武功闖蕩江湖，卻還是一個健全活跳的人；更因是他的這些優良品質，才使他能結交天下第一好漢蕭峯，結交少林第一高手虛竹，連本領高強的「四大惡人」之一南海鱷神，也糊里糊塗地跪拜他的腳前稱他爲師父。

段譽之癡愛王語嫣，除其事情實質外，尚有另一層意思，那就是段譽之父段正淳是個花花公子，是個遍地有情婦，四海有情種的好色之徒。段譽爲此也吃足了苦頭。但段譽對待女性之愛是眞誠的，如早先的鍾靈、木婉清是也。到後來見到王語嫣一見鍾情，便矢志不渝地愛得死去活來，但不管風波多大，曲折多深，此愛卻是忠貞不渝，昭彰日月。這就正好與其父形成一個極大的反差，這反差的意義也正在於正告和善勸有權有錢之徒，或者說是故意專樹這一癡情形象，去批判和教育那些富貴子弟、王公貴族們的荒淫無恥、沾汙感情的放蕩行爲。

值得注意的是，這裡面還有段譽這個人物的本體性問題，即段譽到後來又成了「四大惡人」之首段延慶的私生子，按照血統論的觀點，段譽乃「惡人之種」或「惡人之後」，並且產生這個「孽種」的背景，又偏偏是段正淳到處尋花問柳，而使妻室獨守空房，妻子在忍無可忍的情況下，爲報復段正淳的無情無義和荒淫本性，也作了「惡的報復」——由金枝玉葉、冰清玉潔、宛如觀音菩薩一般端莊美麗的王妃之身，主動去委身一個形同乞丐、渾身血污、筋絡已斷的敗家之犬。段譽，也就是在這「惡人」與「惡的報復」這「雙惡」之下產生出來的「惡種」，而來到這個世界上的。可誰又知，這「天龍寺外，菩提樹下」偷情生出的段譽，這洩恨排慾生出來的段譽，竟然是一個善心善行的「雙善」式人物，如此善惡分明的安排，究竟是天龍寺外、菩提樹下佛法本性所致，還是「金大俠」意在批判血統論，藝術地作著一段別致的比較文學研究而爲？我想也許是後者較爲妥切一些，因爲正是在段譽身上，由此別致還生出另一別致，那就是武功之蓋世奇功、驚世絕招，並不單純是武兮兮地這麼練出來的，它同樣可以讓你文縐縐地學出來！以文習武則高，以武習武則平，段譽的這一別致，是從文化的角度豐富了這一人物的內涵。

自然，段譽只是段譽，並非聖人神怪，儘管自小受佛戒，又飽讀四書五經，但他天眞浪漫，實是一個性情中人。他爲逃學武功而誤入江湖，憑藉他的率眞、仁厚、好奇、多動之個性，偏又詩意地棲息於江湖的兇險格鬥與爾虞我詐之中。爲此，把段譽定格在任何一方都會是欠妥當的，他是一個游弋的、追求的、無目的的、隨性而行的人，猶如山中流出的泉水，不知會流向何方，亦如地窖中釀藏多載的陳年老酒，不知會在何人何處生發出它的何種程度的威力……同時，段譽又不是仙鶴、不是隱士，不是飽讀聖賢之書的棟梁之材，他食人間的煙火，而且往往在性情與感情之間玩食這種煙火，所以有時顯得非常現實，十分惹氣，尤其愛女如癡傻相百出，這一點恰恰又構成了完整的、現實的、獨特的段譽。

一個自小受佛戒，又飽讀經書的儒雅之士，一見到王語嫣便成了情癡，什麼待人禮儀，什麼君子風範，全被拋撇在一邊。而也正是這個惹人好笑的情癡，全不顧「世事洞明皆學問，人情練達即文章」之聖訓，有什麼說什麼，敢做什麼就做什麼，根本不去惦量自己的能力與力量，也不去思忖環境情形是否適合他去如此說或如此做，以致在癡之後又被添上了一個傻字。殊不知，這正是不應該讓我們好笑或去恥笑的東西，反倒是應該讓我們好好去深思的一個樸素的眞理：自然之美！本性之美！這宛如春天的雷雨，你不喚，它自然轟鳴傾瀉；夏日的白雲，你不理，它自然悠悠飄蕩；秋日的植物，你不採，它自然嫣紅熟透；冬日的積雪，你有塵，它依然潔白放光。這是一個生命本體毫不加以掩飾的自然本色，是一個生命在他自我生命體驗中表現出來的本眞，是他的處世風格與爲人人格的自然顯露，也是一個生命對自身超越的基礎與起點。

段譽是一個王子，他必須遵循皇家的規矩。段譽離家出走，他也並非像謝遜那樣去到一個荒島上遠避塵世，而是離開了單一生活的皇宮，躍進光怪陸離的江湖。那裡有稀奇古怪的什麼神農幫、丁老怪、天山童姥，也有血戰未酣的蕭峯與武術理論家王語嫣，所以命運注定段譽是一個緊緊與美惡相連的人。從他生命的行程來看，它是一腳踩在佛珠上，一腳踩在刀刃上行走江湖的，所以，他有正直、公義、良善和眞誠，也有孤獨、徬徨、嗔怒、懷疑和傷感。說他屬於他那個時代的，應該是繼承中華傳統優秀文化，又不失個性自由張揚，既手握快刃利劍，又讓道德與佛心擁有的力量同時發威的一個獨立體。所以：

作爲君子的段譽，面對死亡他坦然處置；面對仇殺生命的罪惡，他寬容待之；面對懺悔的惡人，他禮儀施之；面對生命的救贖，他無懼無畏赴之。誠如一位推己及人的謙謙君子。

作爲信徒的段譽，患難之中心中有佛，歡樂之中心中有佛，情慾之中心中有佛，權勢之中心中有佛。信徒的標準不是佛僧的標準，段譽口中承認，心裡相信，言行表露出佛心，又不絕然排除塵世的情慾與權力，正是證明佛界還在人世的道理。鳩摩智轉惡爲善，後又譯經布施，普渡眾生，不是變異，而是以段譽之善（佛心）身善行去感化他的惡身惡行。化干戈爲玉帛，化罪惡爲良善，這正是作爲信徒的段譽爲讀者明示的人生啓迪。

作爲江湖浪子的段譽，也算是前無古人後無來者之輩。棄家浪跡江湖義無反顧，路見不平挺身相助，刀山火海隻身敢闖，遇妖魔鬼怪偏以仁義倫理訓之。然雨露禾苗，也會凍死嫩幼，水灑塵灰，也會滑倒路人。江湖之義助壯了釋儒弱身，江湖之風波，也影響了一顆青春之心。他由遇生愛，又由愛生險，給自己多添了十分的兇險。他心繫大哥（蕭峯），又情困語嫣，抉擇之下爲情所敗。他生性慈悲，又廣傳善德，爲一己之愛，偏聽王語嫣指揮，舉手揮殺幾多生靈。他生陷囹圄，又性慾勃發，面對裸像，口稱神仙姊姊，心中情意迷亂。他知書達理，飽讀聖賢寶典，卻又經常被江湖庸眾之輩牽著鼻子亂竄。他自喻雅士佛心，在枯井之中又發表內心的聲明：「只須得能和你廝守，不能出去，又有何妨？你說在我身旁，臭泥井就是眾香國。東方琉璃世界，西方極樂世界，甚麼兜率天、夜摩天的天堂樂土，也及不上此地了。」這江湖庸碌短視之舉，與雅士佛心相形見絀。同時，一顆浪子之心，也就泛雜可見了。

作爲美學家的段譽，非但在《天龍八部》，在「金大俠」的整整十五部驚世之作中，也是一個卓然出眾、鶴立雞群之士。從茶花的稱謂到品種與顏色，從茶花的形狀到極品的鑑賞，特別是對名茶花的不同美的形態予人的不同美感，更是如數家珍，宛若「茶花美學」的一本活字典。段譽論茶花，又不是以物喻物之單一的講解，而是滲進了社會的、生活的、心理的、生理的等等諸種因素，如對「落第秀才」的解釋、對「五色茶花」的批判、對「八仙過海」與「八寶妝」的比較、對「紅妝素裹」的引申發揮等，若非茶花專學之士，又得人生美學之眞諦者，是絕不能娓娓道來，盡是璣珠的，而只會信口雌黃，令人噴飯罷了。

至於段譽的人生價值於當今社會的意義，我是贊成從人類社會性存在的本身出發，把對人的本質的判斷用於他自己所處環境中所作爲（創造）的作用中去分辨，從而再去認識作爲主體的人他對客體的文化、社會歷史的創造（作爲）以及自己融合成爲文化、社會歷史的作用，而反對總是從世界觀的前提下去看他的存在、作用及其人生價值與社會意義。段譽作爲皇族的一員，他首先是統治階級的一種存在，而且其存在必須是以某種中心形式（社會性）去實現的。因此，他的個體的生命直接需求和社會實踐中所求的利益，是淩駕於武林幫派、一般人員（老百姓性質的社會階層）之上的。但他混跡於江湖後，他的人生價值又不再是純粹的一種個人的主觀中的體現，他的生命意義也不會再是自我封閉、自我構築中的個性體現。段譽所處的環境，是一個不講道德倫理，不受文明約束的封建「武霸」環境。在這個環境中，他首先是以一個現實的、具體的、生物的人的方式存在於這個環境，如果他不與這個環境同呼吸共活動，他就不可能生存下去。當然作爲一個獨立的個體，他又在和這社會環境抗衡，用他的信仰、知識和他的既定身分。作爲整個人類中的一員，他在必須服從這個社會規律的同時，又大膽有悖於這類規律去抗爭，通過個性自由的張揚，去自覺地創造屬於他、屬於該社會的一種眞實。

朗朗乾坤有時是瞎子，有時又是裁判。它瞎眼的時候，正是人類爲所欲爲之時；它作爲裁判的一刻，正是規範約束，甚至責罰人類之時。我們就處在這雙重的矛盾之中，也是活動在這個時張時馳的宇宙間，所以，面對段譽我們應該吸收他的是：

自由豁達的精神，

敢於冒險的勇氣，

敢作敢爲的個性，
高貴不阿的氣質，
臨危不變的尊嚴，
打抱不平的態度，
助弱捨命的品質，
善良仁厚的情感。

至於他的癡與傻，我想就把它當作「金大俠」留給段譽的這個藝術意象的可愛韻味，留給我們讀者在手捧厚厚五大本《天龍八部》閱讀時的一帖輕鬆藥，但這可愛與輕鬆於我們今日的生活，是絕對無益的，這一點我們可萬不能學之。

現實中沒有「凌波微步」，更沒有「六脈神劍」，如何像段譽那樣學到「凌波微步」來保護自己，以「六脈神劍」去助弱剷惡，伸張公義，是留給掩卷讀者的一個當代課題。

附錄　段譽大事紀表

（以情節發展爲序）

保定二年癸亥（一〇二三年）十一月二十三日段譽生

●無量山劍湖宮　十九歲的段譽首次在江湖亮相並且挨打，同時結識鍾靈。

●無量山對面　以和平之理規勸神農幫，被脅迫服下「斷腸散」。

●無量山深谷　無意撞見玉壁仙影。

●無量山谷洞穴　磕拜神仙姊姊得帛卷。

●無量山洞穴石室　學「北冥神功」、「凌波微步」。

●「萬劫谷」鍾靈家　爲鍾靈報救訊。

●鍾家返無量山途中	借黑馬遇見黑衣姑娘。
●瀾滄江邊小鎮	段譽與黑衣女郎智救鍾靈。
●無量山邊	黑衣女郎又遭瑞、平二婆追殺，段譽重義不逃脫。
●長嶺上	跳懸崖黑馬喪命，段譽避箭搶救黑衣女郎狂奔。
●瀾滄江上懸崖邊	拔錐爲黑衣女郎止血。
●瀾滄江上懸崖邊	爲退追殺之敵，段譽拋石砸人，第一次殺人。
●瀾滄江上懸崖邊	與「南海鱷神」初相識。
●瀾滄江上懸崖邊	爲救黑衣女郎智鬥「南海鱷神」。
●瀾滄江上懸崖邊	黑衣女郎木婉清第一次讓男人瞧見她的俏容，並口稱段譽爲「丈夫」。
●無量山下	段譽被郁光標、吳光勝拘押。
●木屋內	初練「北冥神功」取人內力大法，再練「凌波

	微步」。
●木屋門口	段譽無意運功，擊敗吳、郁，同時用凌波微步，逃出囚室。
●後山密林中	朱蛤莽牯鑽入段譽口中。
●回宮路上	又遭「雲中鶴」追殺。
●鎮南皇府	「南海鱷神」深夜來襲，段譽以「凌波微步」與「南海鱷神」比武，段正淳以「一陽指」助段譽的內力，戰勝了「南海鱷神」，「南海鱷神」當場跪拜段譽爲師。
●石屋內	被段延慶騙服「陰陽和合散」，面對裸女，情慾催發，春藥攻心，段譽以凌波微步克之。
●棋盤邊	暗點清板助黃眉僧。
●鑽地道	段譽營救鍾靈。
●天龍寺外	無意窺得「六脈神劍」。

●牟尼堂中	枯榮大師指學「商陽劍」，段譽無意中使起「商陽劍」，驚嚇鳩摩智，鳩摩智施計又將段譽擒拿。
●蘇州	被劫蘇州，幸遇阿朱、阿碧。
●曼陀山莊	談茶花巧挫王夫人，結識王語嫣。
●曼陀山莊	計誘王語嫣，助救阿朱阿碧出逃，千里之外，尋找慕容復。
●聽香水榭	又識江湖一班人。
●無錫松鶴樓	豪飲四十大碗酒，與蕭峯結拜爲兄弟。
●太湖杏林邊	目睹丐幫內部巨變。
●太湖杏林邊	「凌波微步」救語嫣。
●農舍裡	語嫣指點，迎戰西夏武士，第二次殺人。
●天寧寺裡	假扮慕容復，迎戰「南海鱷神」。
●中州河南	傳信丐幫，並意外收到二月初八擂鼓山天聾地

	啞叟玩棋比賽的大紅名帖。
●松樹下大石上	段譽與聰辯先生蘇星河弈棋，未破「珍瓏」而輸。
●松林中	段譽與王語嫣在無錫分開後第一次小別重逢，也第一次與慕容復見面。
●松林中	用「六脈神劍」擋掉慕容復自刎之劍，救了慕容復。
●山峰黑夜中	慕容一行被烏老大圍殺，段譽二次衝入重圍救語嫣。
●縹緲峰下	段譽正義主公道，力排眾意談仁愛。
●靈鷲宮內	與虛竹雙雙爲戀情而共醉，彼此糊塗地共訴衷腸，並與之結拜爲兄弟。
●少室山上	「凌波微步」又救王語嫣。
●少林寺	蕭峯三掌逼退當世三大高手丁老怪、游坦之和

慕容復，段譽於情勢兇險、酣戰正激之刻，引薦虛竹與蕭峯結拜兄弟。

● 少林寺

爲救大哥蕭峯，義正嚴辭譴責慕容復，反被慕容復打倒在地，差點斃命。

● 少林寺

段譽見父受傷，情急之下「六脈神劍」應靈，把慕容復打得落花流水。

● 少林寺藏經閣旁

又遭鳩摩智「火焰刀」暗算被擒。

● 少林山下蕭峯故居

無名僧救出段譽，蕭峯把受傷的段譽送至山下昔日自己的故居，段譽在此巧會鍾靈。

● 咸陽古道

接父親手諭，段譽去西夏招親。

● 去西夏路上

遇見女扮男裝的木婉清。

● 密林盡處懸崖邊

段譽目睹虛竹救起身懸深谷的王語嫣。

● 池塘邊

王語嫣首次向段譽吐露眞情，段譽知其愛而自割愛，情到激動處，段譽忘情跌入碧池。

●深夜枯井旁	慕容復奸刁施計，騙將段譽推入枯井。
●枯井裡	王語嫣終於識破慕容復的無情無義，口叫「段郎」投身枯井。枯井死境，段、王二人眞誠相愛，山盟海誓。
●枯井裡	鳩摩智發瘋扼殺段譽咽喉，王語嫣口咬鳩摩智右臂救下段譽。
●枯井裡	鳩摩智內功盡失，頓然醒悟，請段譽轉還少林《易筋經》。
●賓館裡	段譽仁慈之心又饒恕了慕容復。
●楊柳場附近	誤中王夫人奸計，被毒蜂咬螫。
●仿姑蘇的曼陀山莊裡	段譽掙斷縛手牛筋，與慕容復展開了一場最後的生死搏鬥，殺得慕容復奪窗而逃。
●仿姑蘇的曼陀山莊裡	段譽身世大白，血泊之中痛認段延慶爲父。
●大理皇宮	段譽向皇帝段正明直說自己生父的秘密。

●大理皇宮

●塞外疆場

●大理國天龍寺外

段譽繼承大理國皇位，按歷史年表推算，應爲七十一歲（宋哲宗趙煦親政）。

段譽與虛竹率兵解救蕭峯之圍，又與虛竹徒步生擒遼帝耶律洪基。

段譽、王語嫣夫婦意外瞧見變瘋的慕容復和隨從阿碧。

元氣系列

D9101	如何征服泌尿疾病	洪峻澤/著	NT:260B/平
D9102	大家一起來運動	易天華/著	NT:220B/平
D9103	名畫與疾病一內科教授爲你把脈	張天鈞/著	NT:320B/平
D9104	打敗糖尿病	裴　駒/著	NT:280B/平
D9105	健康飲食與癌症	吳映蓉/著	NT:220B/平
D9106	健康檢查的第一本書	張璨文/著	NT:200B/平
D9107	簡簡單單做瑜伽一邱素貞瑜伽天地的美體養生法	陳玉芬/著	NT:180B/平
D9108	打開壓力的拉環一上班族解除壓力妙方	林森、晴風/著	NT:200B/平
D9109	體內環保一排毒聖經	王映月/譯	NT:300B/平
D9110	肝功能異常時該怎麼辦？	譚健民/著	NT:220B/平
D9111	神奇的諾麗一諾麗果健康法	張慧敏/著	NT:280B/平
D9112	針灸實務寶典	黃明男/著	NT:550B/精
D9113	全方位醫療法	王瑤英/譯	NT:250B/平
D9114	一生的性計畫	張明玲/譯	NT:700B/精
D9115	妳可以更健康一正確治療婦女常見疾病	李奇龍/著	
D9116	性的媚力	范智冠/譯	
D9201	健康生食	洪建德/著	NT:180B/平

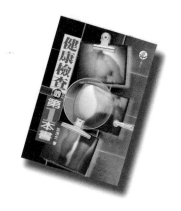

武俠人生叢書

D9301	喬峯的人生哲學	周錫山/著	NT:250B/平
D9302	黃蓉的人生哲學	郭　梅/著	NT:280B/平
D9303	段譽的人生哲學	王學海/著	NT:230B/平
D9304	胡斐的人生哲學	周錫山/著	NT:250B/平
D9305	李莫愁的人生哲學	郭　梅/著	NT:230B/平
D9306	令狐沖的人生哲學	李宗爲/著	
D9307	楊過的人生哲學	周聖偉/著	
D9308	韋小寶的人生哲學	王從仁/著	
D9309	趙敏的人生哲學	郭　梅/著	
D9310	任盈盈的人生哲學	郭　梅/著	
D9311	虛竹的人生哲學	黎山嶢/著	
D9312	霍青桐的人生哲學	楊馥愷/著	

戀人情史

DV001	沙特—戀人情史	黃忠晶/著	NT:280B/平
DV002	西蒙波娃—戀人情史	西蒙波娃/著　郝馬、雨果/譯	NT:280B/平
DV003	拿破崙—戀人情史	田桂軍、劉瓊/著	NT:300B/平
DV004	約瑟芬—戀人情史	南平/著	NT:280B/平

ENJOY系列

D6001	葡萄酒購買指南	周凡生/著	NT:300B/平
D6002	再窮也要去旅行	黃惠鈴、陳介祜/著	NT:160B/平
D6003	蔓延在小酒館裡的聲音—Live in Pub	李　茶/著	NT:160B/平
D6004	喝一杯，幸福無限	曾麗錦/譯	NT:180B/平
D6005	巴黎瘋瘋瘋	張寧靜/著	NT:280B/平

LOT系列

D6101	觀看星座的第一本書	王瑤英/譯	NT:260B/平
D6102	上升星座的第一本書 (附光碟)	黃家騁/著	NT:220B/平
D6103	太陽星座的第一本書 (附光碟)	黃家騁/著	NT:280B/平
D6104	月亮星座的第一本書 (附光碟)	黃家騁/著	NT:260B/平
D6105	紅樓摘星—紅樓夢十二星座	風雨、琉璃/著	NT:250B/平
D6106	金庸武俠星座	劉鐵虎、莉莉瑪蓮/著	NT:180B/平
D6107	星座衣Q	劉鐵虎、李昀/著	NT:350B/平

FAX系列

D7001	情色地圖	張錦弘/著	NT:180B/平
D7002	台灣學生在北大	蕭弘德/著	NT:250B/平
D7003	台灣書店風情	韓維君等/著	NT:220B/平
D7004	賭城萬花筒—從拉斯維加斯到大西洋城	張　邦/著	NT:230B/平
D7005	西雅圖夏令營手記	張維安/著	NT:240B/平
D7101	我的悲傷是你不懂的語言	沈　琬/著	NT:250B/平

李憲章TOURISM

D8001	情色之旅	李憲章/著	NT:180B/平
D8002	旅遊塗鴉本	李憲章/著	NT:320B/平
D8003	日本精緻之旅	李憲章/著	NT:320B/平
D8004	旅遊攝影	李憲章/著	

§ 生智文化事業有限公司 §

D0001B	生命的學問 (二版)	傅偉勳/著	NT:150B/平
D0002	人生的哲理	馮友蘭/著	NT:200B/平
D0101	藝術社會學描述	滕守堯/著	NT:120B/平
D0102	過程與今日藝術	滕守堯/著	NT:120B/平
D0103	繪畫物語─當代畫體另類物象	羲千鬱/著	NT:300B/精
D0104	文化突圍─世紀末之爭的余秋雨	徐林正/著	NT:180B/平
D0201	臺灣文學與「臺灣文學」	周慶華/著	NT:250A/平
D0202	語言文化學	周慶華/著	NT:200B/平
D0203	兒童文學新論	周慶華/著	NT:250A/平
D0301	後現代學科與理論	鄭祥福、孟樊/著	NT:200B/平
D0401	各國課程比較研究	李奉儒/校閱	NT:300A/平
D0501	破繭而出─邁向未來電子新視界	張　錡/著	NT:200B/平
D9001	胡雪巖之異軍突起、縱橫金權、紅頂寶典	徐星平/著	NT:399B/平
D9002	上海寶貝	衛　慧/著	NT:250B/平
D9003	像衛慧那樣瘋狂	衛　慧/著	NT:250B/平
D9004	糖	棉　棉/著	NT:250B/平
D9005	小妖的網	周潔茹/著	NT:250B/平
D9401	風流才子紀曉嵐─妻妾奇緣（上）	易照峰/著	NT:350B/平
D9402	風流才子紀曉嵐─四庫英華（下）	易照峰/著	NT:350B/平
D9501	紀曉嵐智謀（上）	聞　迅/編著	NT:300B/平
D9502	紀曉嵐智謀（下）	聞　迅/編著	NT:300B/平

胡雪巖　**異軍突起**
縱橫金權
紅頂寶典

徐星平／著

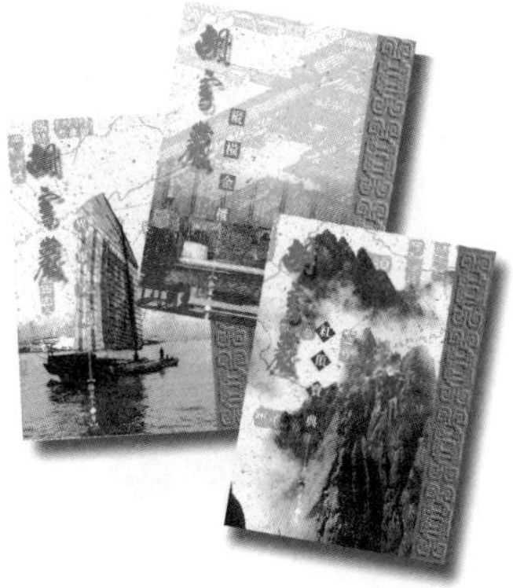

本書以史實爲依據，運用文學形式的體裁來書寫，增加其可看性，是一本截然不同於高陽《胡雪巖》的書寫模式的一本極具價値的小說；胡雪巖傳奇般的身世，萬花筒般的生平，常在風口浪尖上展現其人生價值、在商戰中表現其民族氣節，其傑出的才智和多變的家世，是人們寫不完、道不盡的話題。

MONEY TANK

D4001	解構索羅斯—索羅斯的金融市場思維	王超群/著	NT:160B/平
D4002	股市操盤聖經—盤中多空操作必勝秘訣	王義田/著	NT:250B/平
D4003	懶人投資法	王義田/著	NT:230B/平

解構索羅斯

王超群／著

本書與一般介紹索羅斯的書不同，主要是著重分析索羅斯的思考結構，因爲只有用這種方式進行研究，才能瞭解究竟索羅斯如何在金融市場進行投資行爲。除了這種方式以外，其他的歸納與描述都只是研究者一廂情願的自我投射而已。研究索羅斯的理論，最重要的是能夠藉由對索羅斯的瞭解，進而擁有足夠的知識，領悟並掌握市場的趨勢與發展軌跡，使我們能夠對於自己的投資更具信心。

股市操盤聖經

王義田／著

若想在股市競賽中脫穎而出，贏取豐厚的利潤，一定要熟悉各種看盤與操作的方法與技巧，並且反覆練習以掌握其中訣竅，再培養臨場的反應能力，便可以無往不利、穩操勝券了。本書將給您最實際的幫助，從強化心理素質，各種看盤工具介紹，開盤前的準備，所有交易資訊的研判，一直到大盤與個股各種特殊狀況的應對方法……等，不但詳細解釋，並且一一舉出實例來輔助說明。

段譽的人生哲學　　武俠人生叢書 3

作　　者／王學海
出 版 者／生智文化事業有限公司
發 行 人／林新倫
登 記 證／局版北市業字第677號
地　　址／台北市新生南路三段88號5樓之6
電　　話／(02)2366-0309　2366-0313
傳　　真／(02)2366-0310
E-mail／tn605547@ms6.tisnet.net.tw
網　　址／http://www.ycrc.com.tw
郵政劃撥／1453497-6
户　　名／揚智文化事業股份有限公司
印　　刷／鼎易印刷事業股份有限公司
法律顧問／北辰著作權事務所　蕭雄淋律師
ISBN／957-818-229-5
初版一刷／2001年1月
定　　價／新臺幣230元

總 經 銷／揚智文化事業股份有限公司
地　　址／台北市新生南路三段88號5樓之6
電　　話／(02)2366-0309　2366-0313
傳　　真／(02)2366-0310

國家圖書館出版品預行編目資料

段譽的人生哲學／王學海著. -- 初版. -- 臺
北市：生智, 2001〔民90〕
面： 公分. -- (武俠人生叢書；3)

ISBN 957-818-229-5（平裝）

1.金庸—作品研究　2.武俠小說—評論

857.9　　　　89017530